KB121435

아무튼, 실험실

아무튼, 실험실

김현정

코난북스

차례

'세 번째 여행'

어릴 적 다닌 유치원에는 특별한 방이 있었다. 거기에는 멋진 어린이 주방과 실내 놀이터가 있었고 예쁜 인형, 로봇, 난생처음 보는 장난감이 가득했다. 그 방은 존재만으로도 내 마음을 들뜨게 했고 거기 들어가보는 게 가장 큰 소원이었다. 그 방 문은 오직 '그날의 착한 어린이'로 선택된 몇 명에게만 열렸다. 그야말로 좁은 문이었다.

'제발 오늘의 착한 어린이가 되게 해주세요.' 매일 간식 시간마다 간절한 마음으로 기도했다. 그럼 선생님은 눈을 감은 아이들 사이로 조용히 움직여서는 몇몇 아이를 일으켜 그 방에 데려갔다. 누가 선택받았는지 궁금하면서도 실눈조차 뜨지 못했다. 그만큼 간절했고 애가 탔다.

여섯 살 이전 내 기억은 딱 두 개다. 높은 계단에서 떨어져 피 흘리며 울던 무섭고 아팠던 날 그리고 드디어 착한 어린이가 된 그날. 막상 그 방에서 어떻게, 얼마나 재미나게 놀았는지는 생각나지 않는다. 확실한 건 그날이 다섯 살 내 인생에서 최고로 행복한 날이었다는 사실이다.

학부 4학년을 앞둔 겨울, 특별한 방은 실험실로 변신해 내 앞에 나타났다. 들어가자마자 요상하게 생긴 실험 기기, 넓은 실험대 위를 가득 차지한 아기자기하고 알록달록한 이름 모를 무엇들이 보였다. 재질도 모양도 크기도 색도 제각각이라 어디 쓰는 물건인지 도통 감을 잡을 수 없었다. 익숙한 것이라고는 건조대 위로 보이는 비커와 플라스크뿐이었다. 한쪽 선반에는 영어 이름표가 붙은 크고 작은 유리병도 가지런히 줄지어 있었다. 장난감 같아 실험실 구석에 자리를 잡고 하나하나 만져보고 싶었다. 그러나 실험실 여기저기 보이는 해골 마크가 이곳은 전혀 장난스럽지 않은 곳임을 알려주었다.

사방의 낯섦에 기가 질릴 무렵 흰 가운을 입은 사람들이 눈에 들어왔다. 얼음이 가득 담긴 빨간 상자에 고개를 처박고 자못 심각한 모습으로 실험하는 사람(지금 생각해보면 그분은 이제 온 국민이 다 아는 PCR을 준비하고 있었다), 몸을 바삐 움직여 실험 기기를 능숙하게 만지는 사람, 큰 유리판을 들고 미동도 없이 뚫어지게 바라보는 사람, 두꺼운 목장갑을 끼고 막자사발에 뭔가 갈고 있는 사람, 설거지하는 사람, 구석에 앉아 논문을 읽는 사람.

사람들 눈은 빛났다. 그리고 영어가 좀 섞이긴 했지만 분명 한국어임에도 이해할 수 없는 말을 주고받았다. 그들과 나는 같은 곳에 있으면서 동시에 다른 곳에 존재하는 것 같았다. 여기서 어떤 일이 벌어지고 있는지 알고 싶었다. 어떤 연구를 하길래 이토록 반짝이는지. 알쏭달쏭한 실험실 물건들의 정체는 무엇인지. 나는 다섯 살 때처럼 또다시 간절해졌다. 이 특별한 방 안에 들어가고 싶었다. 흰 가운의 무리 중 하나가 되고 싶었다.

내가 기억하는 첫 '실험실'은 중학교 과학실이다(중학교 과학실도 실험실이라고 한다면.) 중학교 때 기억이 유독 선명한 이유는 불행히도 공포 때문이다. 입학과 동시에 마음 여기저기에 공포의 씨앗이 뿌려졌다. 촌스러운 초록 교복, 남색이나 검은색 코트, 검은 구두나 흰 운동화, 검은 스타킹. 더 참을 수 없는 건 머리였다. 귀밑 3센티미터 이내로 짧게 잘라야 했다.

이 말도 안 되는 조건들은 교칙이라는 안전지대에 머물며 우리를 감시하고 마음껏 괴롭혔다. 교칙을 어기는 학생들에게는 심한 체벌이 뒤따랐다. 회초리로 때린다든지 심하면 귀싸대기를 올려붙인다든지.

1학년이 끝나는 초겨울에 사건이 벌어졌다. 한 친구가 보라색 코트를 입고 왔다. 어두운 보라색 정도는 눈에 띄지 않고 괜찮지 않겠냐며, 이왕이면 예쁜 옷을 입으라며 엄마가 골라주셨다고 했다. 그러나 학생주임 선생님은 친구가 비틀거리며 쓰러질 정도로 귀싸대기를 올려붙였다. 다음 날, 왼쪽 볼이 잔뜩 부은 친구는 어두운 남색 코트를 입고 왔다.

나에게는 과학 시간이 학생주임 선생님의 싸대기 같았다. 과학실은 학교의 외진 구석에 있었다. 문을 열면 제일 먼저 교탁 위 연필꽂이에 가득 담긴 대나무 회초리 다발이 보였다. 뒤이어 바로 감지되는 매캐한 냄새, 칠판을 가득 채운 각진 글씨와 과학 공식, 빽빽하게 들어찬 검은 실험 테이블, 그 위에 덩그러니 놓인 알코올램프, 등받이 없는 의자가 눈에 들어왔다. 그리고 웃음기 없는 뿔테 안경의 과학 선생님이 있었다.

한구석에는 소파와 테이블이 있었다. 선생님은 하얀 실험복에 검은 토시를 하고 그 자리에 앉아서는 수업 시간 내내 먹을 갈거나 붓글씨를 썼다. 우리는 자리에 앉아 숨죽인 채로 칠판에 적힌 내용을 빠르게 공책에 옮겨 적었다. 종이 위로 휘갈겨대는 볼펜 소리, 가끔씩 종이 넘기는 소리, 선생님이 먹을 가는 소리만이 과학실에 가득했다. 교탁 위 회초리의 경고 때문인지 그 작은 소리들조차 귀에 거슬릴 지경이었다. 숨이 막혔다.

부자연스러운 침묵, 불편한 의자보다 훨씬 더 참기 어려웠던 건 웃음이었다. 유독 웃음이 많은 친구가 있었다. 그런데 하필 과학 시간에 그 친구의 웃음이 새어 나왔다. 친구는 소리를 내지 않으려 겨우겨우 참느라 입술을 꼭 다물고 얼굴을 씰룩씰룩했다. 모두가 긴장하기 시작했다. 왜 웃었는지는 모르겠다. 시시껄렁하고 별일 아니었을 거다.

불행하게도 선생님이 이 친구가 웃는 모습을 발견하고 앞으로 불렀다. 얇은 대나무 회초리로 등을 무섭게 내리쳤다. 너무 놀란 친구는 비명을 질렀고 회초리질은 친구가 침묵했을 때야 겨우 멈췄다.

그 후 우리는 과학실에서 표정이 없어졌다. 아무도 실험 도구조차 만지지 않으려 했다. 과학실의 실험은 어쩌다 그날 운이 나쁜 친구가 하는 것이 되었다.

외진 과학실, 회초리, 등받이 없는 의자, 표정 없는 얼굴, 긴장되는 실험. 과학을 생각하면 자동으로 떠오르는 이 단어들에 나는 몸서리쳤다. 그런데 과학으로 시작하는 이 어두운 단어들의 견고한 연상 관계는 아이러니하게 어느 과학자를 만나며 깨지기 시작했다.

J선생님은 교회 중등부 선생님이었다. 의대 조교로 있으면서 결핵을 공부한다고 했다(지금은 의대 교수로 결핵 연구의 권위자다.) 나는 선생님을 무척 좋아했다. 의대생인 것도 멋졌고 학생들을 대하는 따뜻한 태도, 조용히 웃는 모습이 아름다웠다. 게다가 토요일 오후마다 우리를 의대로 불러 수학과 영어를 무료로 가르쳐주셨다(이때 배운 소금물 공식은 아직도 실험실에서 유용하게 쓰고 있다.)

　　집에서 버스를 두 번이나 갈아타고 가야 할 만큼 멀었어도 전혀 문제가 아니었다. 부모님들의 전폭적인 지지까지 더해져 친구들과 토요일마다 신나게 의대를 방문했다. 공부보다는 어른 세계를 구경하는 설렘과 대학에 미리 가보는 우쭐거림이 훨씬 컸다. 의대 정문에 들어서면서부터 두 눈을 크게 뜨고 보이는 모든 것을 놓치지 않으려 애썼다.

　　대학교는 토요일에도 에너지가 넘쳤다. J선생님이 있는 건물로 들어서면 복도를 가운데 두고 책과 책상으로 가득한 연구실이 이어져 있었다. 살짝 열린 문틈으로 실험실 내부 풍경과 하얀 가운을 입은 사람들이 보였다. 가끔은 선생님의 선후배, 교수님을 만나기도 했는데 어린 이방인들에게 친절한 말이나 농담을 건넸다.

의대를 졸업하고 기초과학을 연구하는 분들이었다. 이들의 연구 분야는 다양했다. 질병의 발생 원인을 판명하고 예측, 진단, 예방, 치료하는 일, 치료제와 의료 기기를 개발하는 일 등이 여기 속한다 (물론 의대에서만 이런 연구를 하는 것은 아니다.)

J선생님의 결핵 연구도 그중 하나였던 것 같다. 부끄럽게도 그때까지 결핵에 대해 아는 거라곤 연말마다 학교에서 반강제로 사야 했던 크리스마스실 정도였다. 결핵은 지구상에서 거의 없어진 전염병인 줄 알았다. 그러나 결핵은 지금도 많은 사람을 괴롭히고 있고 특히 가난한 나라에서는 정도가 더욱 심각하다. 선생님은 결핵으로 고통받는 사람들을 돕고 싶어 열심히 연구한다고 하셨다.

당시 나는 그저 소설과 공상에 푹 빠져 있고 친구들과 어울리기 좋아하는 평범하고 흔한 사춘기 학생이었다. 동시에 어떤 사람으로 살아갈지 혹은 어떤 걸 전공해야 할지 막연히 고민하며 갈팡질팡하고 있었다.

선생님을 만나고부터 과학은 외진 과학실의 공포가 아니라 멋진 어른들이 하는 따뜻한 일이 되었다. 선생님은 내가 처음 만난 '과학자'였다. 과학자의 삶보다도, J선생님이 진짜 내게 가르쳐주신 건 어떤 일을 하든 그 일을 함으로써 누군가를 도울 수 있다는 사실이었다. 혹은 그 마음가짐이었다. 오로지 스스로에게만 관심을 두었었는데, 주변이 보이고 들리기 시작했다.

굶주림에 고통받는 사람, 특히 어린이에 관한 이야기가 뉴스에 자주 나왔다. 세상에는 왜 아직도 굶주리는 사람이 있을까. 그곳에는 왜 먹을 게 없을까. 식량이 남아돈다는데 그것들은 다 어디로 가는 걸까. 그곳에서 농사는 지을 수 없는 걸까. 나는 뭘 할 수 있을까. 그렇게 진로를 결정했다.

나는 충남대학교 농업생명과학대학 식물자원학과에 진학했다. 예전 이름으로 하면 농대, 농학과였다. 거기서 뭘 어떻게 배우게 될지, 내가 뭘 해야 할지 알고 선택한 건 아니었다. 그저 입학하면 길이 보일 것 같았다. 우리나라에서는 벼가 제일 중요한 주식 작물이니 벼를 연구하면 되겠다는 단순한 생각만 있었다. 돌이켜 보면 아무것도 모르는 채로 마냥 꿈을 꾸고 있었다.

입학하자마자 난관에 부딪혔다. 벼를 전공한 교수님이 안 계셨다. 국립대 농대에 벼 교수님이 없다고? 학교 탓만 할 건 아니었다. 벼를 공부하고 싶다면서 그걸 알아보지 않은 내 탓도 있었다.

우왕좌왕하다 2학년이 되었다. 우리 과는 2학년 중반에 실험실을 정하고 4학년 때까지 거기서 교수님과 대학원생의 연구를 도우며 졸업 논문을 쓰고 발표해야 졸업할 수 있었다. 그러니 실험실은 신중하게 선택해야 한다. 한번 정한 실험실은 옮기기도 쉽지 않고 그대로 대학원 진학으로 이어지는 경우도 많다. 대학원 과정이 석사 2년, 박사 5년 이상 혹은 석박사 통합 5년 이상인 것을 고려하면 실험실은 결코 쉽게 정하면 안 되는 일이었다. '벼 교수님'이 없는 상황에서 다른 실험실에 들어갈 수도 없었다.

감사하게도 정년퇴임을 앞두고 실험실을 정리하신 교수님께서 사정을 이해하시고 학부 지도교수가 되어주셨다. 언제라도 원하는 실험실이 생기면 옮길 수 있게 도와주신다고도 하셨다. 한마디로 FA(Free Agent) 시장에 나온 선수가 된 셈이었다.

6개월쯤 지나고, 벼 육종을 전공하신 A교수님이 드디어 우리 학교에 오셨다. 전공 분야에서 매우 명망 있고 인품이 훌륭한 분이셨다. 내가 그분 연구실에 들어간 건 당연한 수순이었다. 그러나 아직 실험실도, 실험을 가르쳐줄 선배도 없었다.

그렇게 시간이 또 흘러 4학년을 앞둔 겨울, 교

수님은 방학 동안 수원에 있는 농촌진흥청 작물과
학원 수도육종과 실험실에서 연구보조원으로 일하
며 실험을 배울 수 있도록 주선해주셨다. 교수님께
서 학교로 오시기 전 계셨던 곳이었다. 그리고 벼를
연구하는 사람들에게는 아주 중요한 곳이다. 우리
나라 벼 품종 대부분을 여기서 개발했고 우리나라
에 식량이 부족하던 시절에 통일벼를 개발하는 데
크게 이바지했다.

2000년을 앞두고 모두가 새로운 밀레니엄을
맞아 걱정과 동시에 설렘으로 들떠 있던 겨울, 그렇
게 첫 실험실의 문이 내 앞에 활짝 열렸다. 바로 그
곳이 앞서 내가 말한 그 실험실의 모습이었다.

실험실을 처음 방문한 날이 선명하게 기억난
다. 찬바람이 세차게 불었는데 낯선 장거리 여행에
잔뜩 긴장한 나머지 추운 줄도 몰랐다. 혼자 여행을
가본 적이 별로 없어 혹시 기차를 놓칠까, 반대 방
향으로 가는 버스를 탈까 걱정하며 몇 번이고 확인
했다. 겨우 찾아간 작물과학원 본관 건물 1층 입구
에 K박사님이 벌써 나를 마중 나와 계셨다. 당시 박
사 후 연구과정 중이었는데 유독 귀여운 얼굴과 목
소리, 옷차림새를 갖춘 분이셨다.

내가 생각하던 박사의 이미지와는 사뭇 달랐

다. 나는 조용하면서도 어딘가 미쳐 있는 엄한 과학자, 흔히 말하는 '미친 과학자'를 상상하고 있었던 것 같다. 하지만 K박사님을 비롯한 수도육종과 박사님들을 만나며 과학은 유쾌하고 귀여운 사람들의 영역이기도 하다는 사실을 알게 되었다. 나로서도 다행이고 기뻤다.

거기엔 사람 냄새, 쌀 냄새가 가득했다. 그래봐야 고작 2개월 동안 계약직 연구원으로 있었지만 그곳에서 나는 좋은 벼 연구자들을 알게 됐고, 실험을 배웠고, 벼를 배웠고, 사람들과 서로 도우며 일하는 방법도 알았다. 거기서 배운 것들이 그 후 내 연구와 실험의 기준이 되었다. 학기가 시작되어 대전으로 돌아온 후에도 실험이 잘 안 되거나 도움이 필요할 때면 항상 수원으로 달려갔다. 학교 실험실에는 선배가 없었지만, 학교 밖 세상에 더 많은 선배가 생긴 것 같아 든든했다.

그 후로 25년이 지났다. 25년 동안 나는 실험실에 있었다. 수원의 수도육종과 실험실을 시작으로 식물검역원(현 농림축산검역본부), 미국 뉴욕주의 이타카, 캘리포니아 데이비스, 지금의 서울. 그렇게 많지는 않지만 몇 군데 실험실을 거쳤다. 실험실마

다 나름 의미 있는 일들이 있었다. 의미 있는 사람
들을 만났다. 그리고 그 기억은 매번 다르다.

　　모든 여행은 세 번 떠난다. 먼저 상상을 통해
　그곳으로 떠난다. 그다음, 몸을 움직여 그곳으로
　떠난다. 끝으로, 기억을 통해 다시 한번
　그곳으로 떠난다.[*]

　　나는 식량, 쌀을 연구하고 싶었다. 그리고 실
험실에서 시간을 쌓아왔다. 그리고 지금 다시 한 번
지난 시간들을 돌아보려 하고 있다. 이 마지막 여행
을 마치고 나면 비로소 지난 여정이 매듭지어질 것
만 같다.
　　지금 내 나이와 경험은 평생을 실험실에서 보
내고 정년퇴임을 맞이한 선배들과 비교하면 한참
모자라다. 그래서 실험실이라는 주제로 무려 책 한
권을 쓰기에 충분치 않을 수도 있겠다는 의심이 든
다. 의심은 책을 다 마칠 때까지, 아니 마치고 나서
도 떨치지 못할 것이다.

*　김영민, '모든 여행은 세 번 떠난다, 책 읽기도 그렇다',
　「서울리뷰오브북스」 3호, 서울리뷰오브북스, 2021.

그러나 이런 부끄러움과 의심을 무릅쓰고서라도, 앞만 향했던 치열한 삶의 시간을 잠시 멈추고 이 책을 쓰며 나의 세 번째 여행을 가보기로 했다.

그 안에는 분명 반짝이는 것이 있다

이번에는 스투키가 죽었다. 물을 잘 안 줘도 된다더니. 그늘에 놔두기만 해도 잘 산다더니. 언제 죽었는지도 모르겠다. 누렇게 말라비틀어진 사체를 보니 이미 꽤 오래전인 것 같다. 집들이 선물이라며 하얀 화분에 담긴 스투키를 내밀던 A의 환한 미소가 떠오른다. 나를 꽤 믿는 표정이었다. 그럴 만도 하다. 나는 농대를 나온 식물 전공자니까.

내 전공을 아는 사람들은 나에게 식물을 어떻게 키우느냐는 질문을 참 많이도 한다. 그럴 때마다 쪼그라들다 못해 사라지고 싶다. 식물을 전공했지만 애석하게도 나는 식물 '연쇄살인마'다. 세상에서 제일 키우기 쉽다는 식물도 내 손을 거치면 죽어나간다. 한두 번이 아니다. 얼마 전엔 죽어가던 내 고무나무를 사무실 청소하시는 선생님께서 살려주셨다. 그분에게는 내가 식물 전공자라는 사실을 영원히 말하지 않을 계획이다.

그렇다. 나는 식물을 연구하지 말았어야 하는 인간이다. 다들 태어날 때부터 누구나 조금씩 가지고 있는 것 같은 식물에 대한 기본기 따위마저도 나에게는 애초부터 없었다. 식물을 죽이는 건 둘째치고 식물 이름을 잘 기억하지도 못하고 구별하지도 못한다.

이런 내가 한눈에 알아보고 살릴 수 있는 유일한 식물이 있다. 그렇다. 벼다. 내 전공은 벼 유전육종학이다. 식물육종(植物育種, plant breeding)은 유전적 접근 방법으로 식물의 특성을 인간이 원하는 방향으로 개량하는 과학기술이다. 기존 품종을 개량하거나 아예 새로운 벼 품종을 만드는 일이 여기에 속한다. 내가 전공한 식물육종학은 이 육종의 효율을 높일 수 있는 기술과 이론을 연구하는 학문이다.

벼가 중요한 식물이니 벼를 공부하면 나도 중요한 인간이 될 거라 믿었다. 꽤 간절한 마음을 알았는지 벼는 어수룩한 내 손을 잘 견디고 죽지 않고 버텨줬다. 내가 벼를 키우고 볼 수 있을 때까지. 어쩌면 벼가 나를 선택했는지도 모르겠다.

첫 모내기는 대학 4학년 때였다. 한 모 한 모, 줄기와 뿌리가 만나는 부분을 손으로 잡고 물이 살짝 덮인 논에 깊숙이 심었다. 얕게 심으면 벼가 땅속에 자리 잡지 못해 어김없이 물 위로 뜬다. 그리고 버려진다. '제발 죽지 말고 살아만 줘라.' 애타는 마음으로 모를 심었다. 모내기 다음 날 아침 논으로 뛰어갔더니 역시나. 물 위로 둥둥 뜬 모가 보였다. 얼른 장화를 신었다. 겨우 땅에 자리 잡은 다른 모를 밟을세라 조심조심 피해 까치발로 논으로 걸어 들어가 모가 뜬 곳에 새 모를 다시 심었다. 아주 깊이. 그다음 날 아침 또다시 논으로 향했다. 뜬 모는 거의 안 보였다. 이젠 됐다!

　벼가 땅에 뿌리를 내리면 다음은 땅과 햇빛과 바람과 비의 차례다. 대자연의 보호 아래 벼가 쑥쑥 자라는 사이 내가 벼를 주로 만나는 곳은 실험실이다. 논에만 벼가 있는 게 아니다. 실험실에서 벼는 눈으로 볼 수 없는 내밀한 부분까지 내보인다. 이번에는 실험 기기, 기구, 시약이 나를 돕는다. 이것들로 원하는 만큼 온갖 실험을 할 수 있다. 알고 싶은 게 많을수록 실험실에서 보내는 시간은 길어진다.

　실험은 보통 어린 벼의 잎사귀부터 시작한다. 먼저 잎을 곱게 갈아서 잎 안에 있는 세포를 끄집어내 세포벽과 막을 없앤다. 그런 다음 단백질 같은 잡다한 물질들을 제거하면 제일 안쪽에 꼭꼭 숨은 DNA가 모습을 드러낸다.

　이제부터가 진짜다. 내가 봐야 할 것은 DNA 안에 담긴 유전 정보다. 유전자 염기서열 같은 것. 먼저 벼 신품종 개발에 도움이 될 만한 유용한 유전자나 유전 정보를 실험으로 찾아낸다. 이렇게 찾아낸 유전자가 들어간 벼를 교배 등을 통해 만들고, 특성 검정 등을 통해 유전자가 얼마나 기능을 하는지 밝히는 게 내가 하는 일이다. 순서를 반대로 하기도 한다. 좋은 형질을 보이는 벼를 먼저 찾아내고 어떤 유전자 때문인지 실험으로 밝혀내는 것이다.

이를테면 DNA 안에서 타깃 유전자 부분을 증폭시키는 PCR(polymerase chain reaction. 중합효소 연쇄 반응)을 하고, 전기영동(DNA, RNA, 단백질 등을 분리하는 실험 기술)으로 증폭이 잘 됐는지 확인하고 염기서열을 분석한다든지. 아니면 전기영동으로 증폭된 타깃 유전자 부분의 길이를 확인한다든지. 그것도 아니면 DNA 전체의 염기서열을 한꺼번에 읽어내는 실험을 한다든지.

늘 시간에 쫓긴다. 여러 실험을 익히는 데도 시간이 걸리지만 무엇보다 항시 대기중인 벼 잎사귀와 DNA 샘플의 양이 엄청나다. 벼 연구가 그렇다. 논에 있는 벼가 실험 재료라 그 수가 어마어마하다. 그러니 실험실의 불은 쉽사리 꺼지지 않는다.

실험을 하면서 알게 된 게 있다. 내 손은 식물만 죽이는 게 아니었다. 매우 불운하게 실험에도 영 신통치 않았다. 실험도 식물 재배도 재능이던데, 그런 재능 따위는 단 한 톨도 없었다. 할 수 있는 건 모내기 다음 날 논에 뛰어가 새 모를 다시 심듯, 실험실에 가고 또 가서 될 때까지 실험하는 것밖에 없었다. 이게 내 재능일지도 모르겠다.

논에 심은 어린 벼가 어느새 훌쩍 커서 꽃을 피울 준비를 하는 시간이 온다. 여름이다. 여름은 땀 흘리는 자의 계절이다. 나도 논에서 살아야 할 때다. 교배 지옥이 활짝 열리기 때문이다. 벼에도 꽃이 핀다. 교배는 벼꽃의 수술을 제거하고 남긴 암술에 다른 벼의 수술 가루를 뿌리는 작업이다. 벼에 꽃이 피어 있는 한 교배는 해도 해도 끝이 나지 않는다. 그렇게 여름은 까맣게 탄 얼굴과 팔다리를 남기고 내 곁을 스쳐 간다. 여름 휴가? 벼 연구자에게는 존재하지 않는다.

교배를 마치고 숨을 돌리는 사이 쌀알이 맺히면 수확기가 다가온다. 이제 수확 지옥이다. 낫을 들고 또 논으로 향한다. 베고 또 베도 끝이 안 보인다. 실험용 논에서는 콤바인 같은 기계로 한꺼번에 벼를 수확하지 않는다. 우리가 심은 벼는 똑같이 생겼어도 똑같은 벼가 아니다. 유전 정보가 다 다르다. 그야말로 눈으로 보이는 게 전부가 아닌 셈이다. 그러니 한 모 한 모 일일이 손으로 심었듯 한 포기 한 포기 손으로 수확하고 말려야 한다.

여름처럼 가을도 그렇게 사라진다. 전쟁 같은 수확이 끝나면 다시 실험실이 기다린다. 거기서 다음 해 농사를 준비할 무렵까지 무한 반복으로 실험하여 다시금 벼를 마주한다. 이렇게, 벼 연구자의 시간의 주인은 벼다.

실험실과 논 사이를 왔다 갔다 하는 동안에는 항상 정신을 바짝 차려야 한다. 그러지 않으면 실험과 농사, 둘 다 망하기 십상이다. 실험실 초짜 시절, 벼의 때가 언제인지 보이지 않았다. 하물며 식물 연쇄살인마 눈에 벼가 병이 들었는지, 양분이 부족한지, 물이 부족한지, 추운지 보일 리 없었다. 초조했다. 거대한 논에 담긴 수많은 벼를 몰살한다면 이제 식물 집단살인마가 된다.

이런 내가 제일 부러운 인간이 부모님이 벼농사를 짓는다는 친구들이었다. 대충 한 번 벼를 훑어봐도 다 안다. 언제 논에 물을 더 대주고 그만 빼줘야 하는지, 언제 어떤 비료 어떤 약을 뿌려야 하는지. 모르는 게 없다. 그야말로 척척박사다. 수도작(水稻作. 벼농사) 수업은 나도 꽤 열심히 들었는데. 말짱 꽝이었다. 역시 농사는 글로 배우는 게 아니었다. 어릴 적부터 몸으로 익힌 척척박사 친구들은 그때나 지금이나 도저히 따라갈 수 없다.

농사와 실험에는 공통점이 있다. 둘 다 몸을 쓴다는 점이다. 농사든 실험이든 잘하려면 몸이 기억할 때까지 반복해야 한다. 실험이야 다시 하면 그만이라지만 호흡이 긴 농사는 한번 실패하면 1년이 사라진다. 이번 해에 익히지 못하면 다음 해를 기약해야 한다.

다행히 벼는 너그러웠다. 실수를 너그러이 눈 감아줄 때가 많았다. 물을 좀 늦게 주고 양분을 좀 덜 줘도 쉽게 죽지 않고 버티며 나를 기다려주었다.

내가 주로 연구한 벼는 야생 벼다. 말 그대로 야생에서, 사람 손을 타지 않고 자라는 벼다. 한국에는 존재하지 않는다. 야생 벼는 벼이면서도 벼가 아니다. 농사에 절대적으로 부적합해서 오랜 기간 사람들 관심 밖에 있었다. 농부 입장에서 보면 쌀을 많이 만들어내지도 못하고 크기마저 제각각이니 달가울 리 없다. 또 건드리기만 해도 쌀알이 바닥으로 후두두 떨어져버리고 만다. 게다가 쌀 껍데기 위로는 긴 막대기(까락) 같은 게 솟아 있어 껍데기를 까는 데도 여간 불편한 게 아니다.

그러나 내가 논과 실험실에서 일하면서 벼에게 배운 게 있지 않은가. 보이는 게 다가 아니다. 별 볼 일 없어 보여도 그 안에는 분명 반짝이는 것이 있다. 야생 벼도 마찬가지다. 오래도록 인간에게 선택받지 못했어도 자기만의 방식, 자기만의 속도로 끈질

기게 살아남았다. 산이건 물가건 장소를 가리지 않는다. 병충해도 잘 버틴다. 양분이 부족해도, 땅속 깊이 오래 파묻혀 있어도 용케 생명력을 유지한다. 반대로 말하면 지금 길러지는 벼는 수확량이 많고 알곡이 굵긴 해도 농부의 극진한 보살핌에 익숙해져 척박한 환경에서는 잘 자라지 못한다.

이제 과학자들은 주로 재배되는 벼에 부족한 끈질긴 생명력을 야생 벼에서 찾고 있다. 미지의 병해충이 생기고 기후를 예측할 수 없는 미래에 살아남아 맛있는 쌀을 부족함 없이 공급할 벼를 개발하는 것이다. 그러고 보면 모든 존재가 귀하지 않은 게 없고 버릴 것도 없다. 다만 때가 다를 뿐이다.

벼와 함께한 지 20년이 훌쩍 넘었다. 그 시간 동안 반쯤은 과학자였고 반쯤은 농부였다. 그리고 이제야 겨우 조금, 정말 아주 조금 벼를 알 것 같다.

사람들은 좋아하는 것보다 잘하는 걸 해야 한다고 말하곤 한다. 나는 잘하지도 못하는 농사와 잘하지도 못하는 실험을 지금껏 해왔다. 그간 연구에서 특별한 성과를 낸 적이 있었나. 발표라도 두드러지게 잘한 적이 있었나. 별로 기억나는 게 없다. 그냥 벼를 연구하는 일이 좋았던 것 같다.

그러고 보면 나는 늘 변두리에 있었다. 정말

그렇다. 벼와 함께한 20여 년 동안 그랬다. 인기 학과가 아닌 비인기 학과에 진학했고, 지방 국립대를 나왔다. 유학 간 미국에서는 외국인이었는데 심지어 외국인 중에서도 영어를 잘 못하는 아시아인이었다. 심지어 지금은 화학회사에 근무하는 생물 전공자다. 그것도 기업체에서 제일 많이 필요로 하는 동물이나 미생물도 아닌 식물 전공자. 그중에서도 비인기 식물인 벼, 벼 중에서도 하필 벼가 아닌 것 같은 야생 벼를 연구했다.

그런 삶이 나쁘지만은 않다. 남을 앞서가려 애쓸 필요도 없다. 나에게 맞는 속도로 살면 된다. 내 삶의 속도는 아주 느리다. 늦게 유학을 갔고, 늦게 학위를 마쳤고, 늦게 직장 생활을 시작했다. 이것 말고도 다른 사람에게 뒤처진 것 천지다. 그래도 괜찮다고 생각했다. 내가 선택한 삶이었으니까.

물론 괜찮기만 하지는 않았다. 좋은 벼 품종을 만드는 데 힘을 보태는 연구를 했건만 함께 공부한 어떤 사람이 내 연구는 육종이 아니라고 했다. 내 이름으로 등록한 벼 품종이 없어서. 논보다 실험실에서 보내는 시간이 더 길어서. 학문에 관해서 과학자들 의견이 다를 수 있다는 걸 알면서도 상처는 마음 깊이 맴돌았다.

좀 억울하다. 식물 육종에는 10년 넘는 시간이 필요하다. 그 긴 과정에서 중간 기간 동안 식물체를 만들거나 유전 정보를 밝히는 나 같은 연구자가 꽤 많다. 어쨌든 나는 식물육종·유전학과(Plant Breeding & Genetics)에서 박사학위를 받고 벼 육종학 실험실에서 연구했으면서, '육종가'라는 단어를 탐내는 변두리인이었다.

하긴 이제는 변두리인도 아닌 완벽한 타인이다. 벼 연구가 아닌 전혀 다른 일을 하는 회사원이니까. 살다 보니 또 그렇게 됐다. 평생 벼만 연구할 줄 알았는데. 나이가 들며 용기는 점점 부족해지고 삶에 대한 변명은 많아지고 또 길어진다.

마음이 복잡할 땐 논을 찾아간다. 특히 밤에. 개구리 소리, 뽀글뽀글 물 소리, 볏잎이 바람에 이리저리 흔들리며 서로 부딪히는 소리가 들린다. 누구는 귀를 기울이면 벼가 자라는 소리도 들린다고 했다. 냄새도 난다. 물 냄새, 흙 냄새, 벼 냄새. 밤 논의 소리와 냄새는 나를 진정시킨다. 마음의 소용돌이는 금세 바닥으로 가라앉는다. 벼가 논에 가만히 서서 나를 위로하는 방식이다.

실험실을 떠나고 나니 마음이 힘들어도 논으로 가는 게 어려워졌다. 집 근처에는 논이 없어서

차를 가지고 나가야 한다. 더 큰 문제는 이제 논 앞에 앉아 있으면 논 주인이 무서운 경계의 눈으로 다가와 누구냐고 묻는다. 그러니 남은 방법은 하나다. 집에서 벼를 키우는 수밖에.

얼마 전 실험실을 찾아가 교수님께 간단히 사정을 말씀드리고 종자를 부탁드렸다. 교수님은 가만히 이야기를 들으시고는 난쟁이 유전자(dwarf gene)를 가진 자도(purple rice) 종자를 건네주셨다. 이 벼는 키가 30센티미터도 안 되는데 특이하게 잎과 줄기가 온통 보라색이다. 교수님의 마음이 담긴 특별한 선물이었다.

반려 식물이 생기긴 했어도 논에 사는 벼만이 가진 그 소리, 냄새는 많이 그리울 것 같다. 그럴 때면 눈을 감고 논 앞에 앉아 위로받던 밤들을 상상해야겠다.

벼를 공부하면 될 줄 알았던 중요한 사람이 되지는 못했다. 그렇지만 그동안 벼가 알려준 것들을 기억하며 좋은 사람이 되고 싶다. 그리고 변두리에서 느릿하게 살아가는 이 삶. 나쁘지 않다.

될 때까지 반복 또 반복

딱 5분. 미팅까지 5분이 남았다. 5분 안에, 하고 있던 시료 20개의 PCR 준비를 마저 끝내고 PCR 기기에 넣은 뒤에 회의실로 뛰어가야 한다. 여느 때라면 시료를 담은 튜브마다 번호나 이름을 적는다. 그러나 시간이 너무 없었다. 번호 표기를 생략하고 시료 번호대로 왼쪽에서 오른쪽으로 가지런히 나열해 그 순서대로 PCR 기기에 튜브를 꽂아 넣었다. 제일 왼쪽 튜브가 1번 시료, 그다음이 2번, 그다음 3… 마지막 튜브가 20번 시료. PCR 기기 뚜껑을 닫고 프로그램을 찾아 시작 버튼을 눌렀다. 남은 시간은 1분. 미팅에 겨우 세이프! 이제 미팅이 끝나고 돌아와 시료를 잘 꺼내기만 하면 된다.

그러나 미팅은 길어졌고, PCR은 진작 끝나고도 남았다. 나 다음으로 PCR 기기를 사용하기로 예약한 누군가가 꺼지지 않은 기기를 보며 신경질을 내고 있을 게 뻔했다. 미팅을 마치고 실험실로 뛰어갔다. 기다리고 있던 다음 사람에게 거듭 사과하며 튜브를 급히 꺼내 랙(rack)에 옮겨 담았다.

그 순간. 랙을 떨어뜨렸다. 튜브는 바닥에 산산이 흩어졌다. 표시를 안 했으니 뭐가 뭔지 알 수 없었다. 날카롭게 신경질을 내던 동료도 이 광경을 보고는 오히려 미안해하며 괜찮냐고 물었다.

전혀 괜찮지 않았다. 모든 튜브는 쓰레기통으로 직행했다. 오전 실험이 사라졌다. 번호를 적었더라면 튜브를 다시 주워 담기만 하면 되는 거였는데. 숫자 적는 게 뭐 얼마나 어렵고 시간 드는 일이라고 그 간단한 걸 안 했을까. 아니지, 왜 나는 실험을 더 일찍 시작하지 않았을까. 10분, 아니 5분만 서둘러 시작했어도 아무 일 없었을 텐데.

PCR을 다시 하려고 보니 더 큰 난관이 기다리고 있었다. 회의에 가기 전 튜브에 담은 DNA 스무 개는 희석해놓은 마지막 DNA였다. 이제는 PCR이 문제가 아니다.

영하 70도에 보관중인 DNA 원액을 찾아서, 녹여서, 다시 희석해야 한다. 더욱이 오래 사용하지 않은 원액이라 DNA에 변성이 있는지부터 확인도 해야 한다. 최악의 경우에 어떤 시료는 DNA 원액이 아예 없을지도 모른다. 한숨이 나왔다. 다시 실험하려면 오전 실험 시간보다 훨씬 더 많은 시간을 써야 한다. 그것도 DNA가 다 있다는 가정하에.

실험은 망했다. 기분도 완전히 바닥이다. 나는 실험실 초보도 하지 않는 실수를 했다. 어처구니가 없다. 박사가 되고 나서도 이 모양이다. 라벨링과 충분한 실험 시간은 기본 중의 기본이다. 실험을 배우기 시작할 때부터 선배들로부터 귀가 따갑게 들었고 나 역시 후배들이 지겨워 도망갈 때까지 잔소리를 해댔는데. 방심했다. 분명 알고 있었다. 실험에서는 사소한 부분이라도 정확하게 하지 않으면 기필코 그 대가가 혹독하게 되돌아온다.

일단 모든 실험을 멈추고 사무실에서 다른 일을 하기로 했다. 자책하고 짜증 나는 마음으로 실험을 계속하면 또 다른 실수를 할 것만 같았다.

고백할 게 있다. 요즘 실험할 때마다 조금씩 방심하고 있었다. 그러니 지금이야말로 처음 실험하며 배웠던 것들을 복기하고 마음을 다잡을 때다.

실험의 기본은 반복되는 일상을 방심하지 않는 것으로부터 시작한다. 매일 가는 실험실, 아침이면 변함 없이 실험실 안을 한 바퀴 돈다. 실내 온도 21도, 상대습도 45퍼센트. 실험 가운을 입고 있으면 덥지도 춥지도 않고 쾌적한, 그야말로 실험하기 딱 좋은 실내 조건이다.

천천히 눈을 돌려 영하 70도 초저온 냉동고와 영하 20도 냉동고, 영상 4도 냉장고가 온도를 유지하며 제대로 돌아가고 있는지 확인한다. 온갖 DNA, RNA부터 실험 시약 등 실험에서 가장 중요한 것들을 보관하는 장소다. 약 영하 200도라는 액체질소가 질소통 안에 충분한지, 배양기의 온습도는 괜찮은지도 살펴야 한다. 중간중간 다른 실험 기기에도 이상이 없는지 살핀다.

여기까지 문제를 발견하지 못했다면 오늘의 실험실이 어제나 그제와 다르지 않다는 의미다. 실험실의 평범한 일상은 거저 얻어지는 게 아니다. 방심하지 않는 누군가에 의해 지켜지는 것이다.

실험실이 준비되었다면 다음은 나를 준비할 차례다. 보통은 실험 노트를 펼치며 준비를 시작한다. 오늘은 어제 수행한 실험을 정리한 내용을 찬찬히 훑어봤다.

'다시 할 것.'

제일 밑에 절망적인 메모와 함께 어제 조급하게 실험을 몰아붙이다 실수한 일이 적혀 있다. 어디서부터 뭐부터 해야 할지 곰곰이 생각하며 새 페이지로 넘긴다. 맨 위에 오늘 날짜, 그 밑에 오늘 해야 할 실험 목록을 쓴다. 오늘은 하루 종일 모든 시간을 실험에 쓸 수 있다. 그러니 모든 실험을 천천히 또박또박 할 수 있다. 시간이 많다는 생각에 금세 욕심이 생겨 서너 가지를 적는다. 그러나 곧 ×자를 긋는다. 일단 어제 망친 실험만 하기로 한다.

PCR 튜브, 시약 등 실험에 사용할 준비물이 충분한지 먼저 살핀다. 그리고 깊은 우려를 마지않았던 실험 시료 DNA 원액을 찾기 위해 방한장갑을 끼고 영하 70도 초저온 냉동고 문을 연다. 종이박스 수십 개를 뒤지다 'US Rice Germplasm(미국 벼 유전자원) DNA'라고 표기된 박스를 겨우 찾았다. 그 밑에는 D박사의 이름과 DNA를 추출한 날짜가 큼지막하게 표시되어 있다. 7년 전 이 실험실에서 일했던 D박사가 추출한 DNA 시료를 담아놓은 박스다. 그 안에는 벼 DNA 60개가 각각 1.5밀리리터 튜브에 담겨 있다. 그중 스무 개가 내가 사용할 DNA다.

이제부터는 수월하다. 친절한 D박사는 튜브 뚜껑마다 벼 이름과 DNA 농도를 깨끗하게 적어놨다. 예를 들자면 'Calrose 500ng/ul'같이(칼로스 벼 DNA, 1마이크로리터당 500나노그램 농도.) 다행히 내가 찾던 DNA의 원액 스무 개는 양이 충분했다. 간단한 실험으로 DNA가 변성되지 않은 것도 확인했다. 이제 원액 일부를 덜어 100배로 희석해 어제의 실험을 반복한다. 이번에는 아예 실험 시작 전에 PCR 튜브에 1부터 20까지 번호부터 적는다.

어제 저지른 실수에 유독 민감한 이유가 있었

다. 이 시료는 현재 오로지 DNA로만 존재한다. 생존한 식물체가 없다는 뜻이다. 그러니 DNA 원액이 없다면? 종자 보관창고에서 봉투 수천 개를 뒤져 종자를 찾아야 한다. 다행히 종자가 있다면 온실에서 종자를 발아시킨 뒤 연초록 잎이 생길 때까지 최소 2주는 벼를 키워야 한다. 종자보다는 잎에서 뽑은 DNA의 질이 훨씬 좋기 때문에 나는 DNA를 사용하는 실험에 가급적 잎을 사용한다. 그런데, 만약에, 창고에 종자가 없다면? 그런 가정은 하기조차 싫다. 종자의 발아력이 낮아져서 발아를 하지 않을 수도 있다는 가정도 하기 싫다!

만난 적도 없는 D박사에게 감사하다. 그의 꼼꼼한 라벨링과 보관 덕분에 7년이 지난 지금도 그분의 DNA를 잘 쓰고 있지 않은가. 별문제 없이 PCR을 마치고 보니 오전이 끝났다. 딱 예상했던 대로다. 이제 다음 시험을 이어갈 수 있겠다.

나는 실험을 할 때 다른 사람들보다 더 기본을 지키고 신중해야 한다. 덜렁대는 성격에다 손마저 야무지지 못한 탓이다. 스스로 실험 '비적합자'라고까지는 말하고 싶지 않지만, 누가 나를 그렇게 부른다고 한들 딱히 반박하기도 어렵다. 그나마 25년 동안 실험하며 조금 나아진 정도다.

내가 '실험 꽝손'임을 눈치챈 건 실험을 처음 배운 지 얼마 되지 않은 학부 때였다. 당시 나를 가르쳐주신 분은 앞서 말한 농촌진흥청 K박사님이다. 이분의 실험은 군더더기 없이 깔끔했다. 동작도 거침없이 신속했다. 박사님의 실험 프로토콜과 동선에는 불필요하게 버려지는 자원과 시간이 조금도 없었다. 실험 결과도 깔끔했다. 돌발 상황 역시 거의 없었다. 설사 (나 때문에) 그런 일이 벌어져도 박사님은 잠깐 고민하고는 간단명료하게 상황을 해결했다. 모든 게 순조로웠다.

석사, 박사, 박사 후 연구과정까지 긴 실험 경력이 K박사님에게 있다지만, 그것만으로 이 모든 완벽함을 설명하기에 충분하지 않았다. 그랬다. 모든 일이 그렇듯 실험에도 분명 재능 있는 사람이 존재한다. 실험 솜씨라고 해야 할까. 실험 첫날 바로 알았다. K박사님은 톱티어 실험 고수였다. A지도교수님이 이분을 나에게 소개해주신 데는 아마 이런 이유가 있었을 것이다.

좋은 사수를 만나 감사한 것도 잠시, 그렇다면 과연 나에게도 그런 재능이 있는지 확인하고 싶었다. 비록 식물을 잘 기르는 데는 재능이 없어도 실험 재능은 있을 수도 있지 않은가.

물론 예상은 한 치도 벗어나지 않았다. 그야말로 실수투성이였다. K박사님으로서는 겪어보지 못했을 이상한 일들이 나에게는 계속 벌어졌다. 동시에 똑같은 실험을 해도 내 결과에만 유독 missing, '결과 없음'이 많다든가, 그나마 얻은 결과가 깔끔하지 않아 읽을 수 없다든가, 내가 만든 시약만 이상하다든가, 여러 이유로 재실험을 해야 한다든가. 한마디로 실패한 실험이 많았다.

박사님은 인내하며 몇 번이고 다시 가르쳐주셨다. 그러나 당혹감까지 감추시지는 못했다. 조용히 읊조리시는 소리가 내 귀에도 들렸으니까.

"참 이상하네…."

아무래도 나 같은 실험 꽝손은 만나본 적이 없으신 듯했다. 실패를 반복하다 보니 실험이 내 길이 아닐지도 모른다는 의심과 불안마저 들었다.

지도교수님께 찾아가 왜 이렇게 실험이 안 되는지 모르겠다고 괴로움을 토했다. 교수님은 전혀 문제될 게 없다는 밝은 표정이었다. 그리고 갑자기 당신 손을 활짝 펴 보여주셨다.

"걱정 마. 나는 이 손으로도 실험했어. 너는 나보다 훨씬 잘할 거야."

참 크고 뭉툭한 손이었다(교수님은 핸드폰 버튼
도 손가락을 곧추세워서 누르곤 하셨다. 안 그러면 버튼
이 두 개씩 눌러지는 듯했다.) 저런 손을 가진 교수님
도 필시 나와 같은 고민을 한 시간이 있었을 것 같
았다. 다시 마음을 다잡고 실험실로 돌아왔다.

  첫 3년은 그야말로 몸을 갈아 하는 실험이 많
았다. 크기가 내 상체만 한 유리판과 매일 씨름했다.
PCR 샘플의 사이즈를 확인하는 전기영동 실험은 잘
닦인 유리판에 겔(gel)을 넣어 굳히고, 전기영동기에
붙여 시료를 흘린 뒤 염색하는 과정을 거친다.

  설명은 간단해도 유리판 한 장당 증류수, 에탄
올, 시약을 몇 번씩 번갈아가며 최소 10분 이상씩
은 닦고 또 닦아야 한다. 그리고 유리판 두 장을 마
주 보게 가까이 붙인 후 그 사이에 겔을 주입해 굳
힐 때는 버블이 생기지 않게 주의해야 한다. 그리고
유리판을 전류가 흐르는 전기영동기에 붙인 뒤, 유
리판 사이의 겔에 PCR 시료를 흘려 내린다. 한두
시간 지나면 마주 본 유리판을 분리해서, 겔이 붙은
유리판을 큰 트레이에 넣고 염색한다. 염색 과정도
유리판을 닦는 것만큼 보통 일이 아니다. 증류수,
시약, 10퍼센트 농도의 초산을 2리터씩 몇 번이나
번갈아가며 붓고 흔들어야 한다. 실험이 모두 끝나

면 온몸에는 초산 냄새가 배고 힘이 다 빠진다.

　과정마다 신경을 곤두세워도 성공보다 실패가 많았다. 이유도 워낙 많아 열 가지 이상 댈 수 있다. 꼭 실수 때문만은 아니었다. 실험에 대한 감이 부족했다. 실패할 때마다 몸도 힘들고 시간만 버리는 것 같아 기분은 바닥을 쳤다.

　그렇게 몇 달이 지나자 실패보다 성공하는 횟수가 차츰 많아졌다. 내 몸이 실험을 익히는 듯했다. 드디어 나에게 감이라는 게 온 것일까. 그랬던 것 같다. 나중에는 하루에 유리판 두 장이 아니라 열여섯 장도 거뜬해졌다.

　몇 년 뒤 미국 실험실에서 똑같은 실험을 울면서 하고 있는 H를 발견했다.

　"이 실험은 정말 나를 불행하게 해!"

　H는 내가 다가가자 유리판을 놓고 실험을 그만두려고 했다. 가만 보니 유리판 안의 겔은 반도 안 채워져 있는데 겔이 한쪽 구석에서 밖으로 줄줄 새는 동시에 굳고 있었다. 겔도 벌써 바닥을 보여 더 넣기도 어려워 보였다.

　익숙하다. 족히 수십 번은 경험한 상황이다. 아직 망한 건 아니라고 H를 다독였다. 그리고 겔이 새는 원인을 찾아 수습하고 얼른 새 겔을 만들어 추가로 부었다. 이미 생긴 버블 때문에 완벽하지는 않아도 그 부분을 뺀 나머지 부분에 시차를 두고 두 번 PCR 샘플을 로딩하면 된다고 실험 요령도 알려줬다.

그렇게 해서, H는 나를 실험 고수로 여기게 되었다. 어쩌면 내가 보았던 K박사님의 모습을 H는 나에게서 봤는지도 모르겠다.

실험은 몸을 쓰는 일이다. 몸에 익기까지 긴 시간이 필요하다. 그 시간 안에는 당연히 무수한 실수와 실패 그리고 반복이 존재한다. 누군가 이런 말을 했다. '하던 가락이 있다'고. 실험이 내 '하던 가락'이 되려면 몸이 실험을 기억할 때까지 반복해야만 한다. 될 때까지 그저 반복 또 반복. 타고난 게 없다면 더더욱 별수 없다. 더 많이 해보는 수밖에. 시간은 인내하는 사람의 편이라지 않은가. 지치지만 않으면 '꽝손'에게도 승산은 있다. 조금 늦으면 어떤가. 해내기만 하면 되지.

인내하는 꽝손에게 편이 돼주는 건 시간만은 아니다. 진보하는 기술도 편이 되어준다. 나는 이전만큼 실험 금손을 질투하거나 부러워하지 않는다. 실험 시약(키트), 소모품, 기기, 실험법은 시간이 갈

수록 정교해지고 꽝손의 단점을 숨겨준다. 마치 요리에 소질이 없는 사람도 비싼 요리 도구에 싱싱한 재료와 좋은 양념으로 요리하거나 밀키트로 요리하면 일정 수준 맛이 보장된 음식을 만들어내는 것처럼(밀키트는 요리가 아니라는 의견도 있다.) 물론 진보하는 기술을 따라가려면 나도 새로운 것이 나올 때마다 배우고, 익혀야 한다. 그래도 손으로 실험의 성패가 크게 좌지우지될 때보다는 훨씬 낫다.

　　20년 넘게 경험한 생물 실험실의 풍경은 비슷하기도 하고 다르기도 하다. 기능이 거의 바뀌지 않은 기기도 있고 한쪽에는 내 전 재산보다 비싼 첨단 기기와 로봇도 있다. 나 역시 여전히 검은 실험 테이블에서 파이펫을 쥐고 실험을 하면서도 새로운 기기, 로봇의 도움을 전보다 훨씬 많이 받는다. 데이터를 처리할 때 엑셀로 겨우 막대그래프를 그리고 기뻐했었는데 이제 AI도 한창 쓴다.

　　그래서 그런지 한편으로는 새로운 것에 겁이 난다. 변화를 따라가는 속도도 이전만 못하고, 변화하지 않고 전부터 해온 대로 그냥 쭉 해버리고 싶기도 하다. 벌써 안주하고 싶은 나이가 된 걸까. 언제까지 변화에 잘 적응할 수 있을지 의심과 불안이 든다. 내가 어떻게 익힌 건데.

처음 실험을 배울 때는 교수님 손이 위로가 됐는데 이젠 마음이 약해질 때면 엄마를 떠올린다. 엄마는 모자 없이는 머리가 추워서 겨울 외출이 어려운 70대 중반의 귀여운 할머니다. 귀엽다는 표현을 쓴 이유는 방울 달린 모자가 어울리는 할머니면서도 호기심이 많기 때문이다.

엄마가 또래 할머니들과 다르다고 느낀 건 엄마가 갱년기를 지날 때부터였다. 어느 저녁 시간, 우울한 표정으로 현관문을 쾅 닫고 집을 나간 엄마를 기다리며 남은 가족들은 엄마에게 시작된 예민한 시기를 걱정했다.

그런데 뜻밖에 엄마의 갱년기는 인터넷과 컴퓨터로 슬쩍 지났다(내 생각에 그렇다는 말이다.) 손으로 정리하던 가계부가 엑셀로 바뀌었다. 사진첩의 모든 사진은 스캐닝을 거쳐 파일로 정리됐다. 내가 대학원에 진학한 후로는 하루도 빠짐없이 나에게 이메일을 보냈다. 엄마의 어린 시절부터 아빠와 만난 얘기, 동생과 나와 관련된 얘기가 담겨 있었다. 이메일도 평범하지 않았다. 글자만 있던 이메일에 사진이 추가됐다. 그 후로 어떤 날은 음악, 어떤 날에는 움직이는 새나 꽃이 들어 있는가 하면, 가족들 얼굴을 포토샵한 재미난 그림이 말을 하기도 했다. 나도 몰랐던 HTML 태그를 50대 엄마가 다뤘다. 엄마의 이메일은 내가 한국에 들어오고 나서야 멈췄다.

　물론 컴퓨터를 사용하다 조금만 안 되면 전화를 걸어대는 통에 엄마에게 짜증을 정말 많이 냈다. "아니! 저번에 설명해준 건데 왜 같은 질문을 계속해요?" 기죽은 엄마는 노트에 정리를 시작했다. 스캐닝하는 법, 파일 저장하는 법, 그림 파일을 손보는 법. 모든 기록은 컴퓨터 전원 버튼을 누르는 것부터 시작한다. 거의 내가 가진 실험 프로토콜 수준이다. 문제는 컴퓨터나 프로그램이 업그레이드되는 등의 이유로 작업 환경이 바뀌는 때다. 그럴 때는 나도 별로 짜증을 내지 않고 사용 방법을 적어드린다. 천천히 노트를 보며 반복하다가 엄마의 몸이 이 과정을 기억할 때까지.

　새로운 것에 겁쟁이가 되려고 할 때마다 엄마를 떠올린다. 물론 몸이 기억할 때까지 더 많은 반복과 시간이 필요할 테다. 그러나 시간은 내 편이다. 실험의 기본은 변함이 없다. 두려워하지 말기. 계속 새로운 것을 습득하기. 처음부터 실험하는 모든 사람에게 기본이었을지도 모르겠다. 늦게라도 알았으니 다행이다.

실험 꽝손들을 위한 위로의 선물

다음 일들은 내가 실험하다가 저지른 실수의 10퍼센트도 안 된다. 다만 혹시 비슷한 실수를 저지르고 절망하고 있는 이들에게 이런 일은 정말 아무것도 아니라고 위로하고 싶다.

선배의 실험을 도와주며 배우고 있었다. 선배는 원심분리기를 돌려 윗부분, 상층액만 따서 달라고 했다. 선배에게 샘플을 주니 선배 표정이 심상치 않았다. 정신을 차리고 보니 내가 내민 샘플에는 상층액이 아니라 바닥에 가라앉은 건더기들만 담겨 있었다. 상층액은 진작에 모두 버린 뒤였다. 아차, 어제 한 실험과 헷갈렸다. 그렇게 선배의 실험이 날아갔다. 이후로 이 선배는 나에게 절대로 아무런 도움도 요청하지 않는다.

동결건조된 대장균 5종을 액체 배지(培地. medium)에 넣고 정성스럽게 키웠다. 흡광도를 재보니 잘 자랐다. 이제 대장균을 키운 배지에 용매 DMSO(dimethyl sulfoxide. 다이메틸설폭사이드)를 약간 넣고, 1밀리리터씩 튜브에 담아 영하 70도 초저

온 냉동고에 보관하면 된다. 앞으로 1년 동안 실험에 쓸 균이라 튜브 하나하나마다 균 이름, 날짜, 내 이름 등을 정성스럽게 적었다. 균 한 종마다 튜브가 150개니까 전체 750개다. 1년을 준비하는 하루가 아주 알찼다. 그러나 다음 날 아침에 알았다. 배지에 DMSO를 안 넣었다. 다 다시 해야 한다.

벼의 잎, 줄기, 뿌리에서 RNA를 정성스레 뽑았다. 평소엔 DNA만 뽑아서 그런지 RNA는 다루기가 여간 까다롭고 번거로운 게 아니다. 그런데 다 추출하고 겔에 걸어보니 아무것도 없었다. 내 RNA는 어디에? 아… 평소 DNA를 뽑을 때처럼 습관적으로 Rnase(ribonuclease. 리보뉴클레아제)를 넣었구나. 리보뉴클레아제는 RNA를 분해하는 효소다.

배지에 균을 넣어 밤새 키웠다. 그런데 배지 색이 너무 투명했다. 균이 자라면 배지가 탁해져야 하는데 뭔가 이상했다. 흡광도를 재보니 아무것도 없다. 아, 이 균은 항생제 저항성이 없는데 내가 어제 또 습관처럼 항생제를 넣어서 균을 다 죽였구나. 다시 키워야겠다.

전기영동기를 켰다. 버퍼가 보글보글하는 걸 보니 전기가 흐르고 있다. DNA는 음극에서 양극으로 움직인다. 30분 뒤면 DNA 밴드는 오른쪽으로 움직여 겔의 중간까지 와 있을 것이다. 30분 후에 돌아와서 확인하니 아무것도 없다. 아하, 포트를 거꾸로 꽂아서 밴드가 겔 밖으로 다 도망쳤구나.

3차 증류수를 틀어놓고 20리터 통에 받고 있었다. 깜빡하고 한참 뒤에 돌아오니 실험실은 물바다가 되어 있었고, 물은 아직도 흐르고 있었다.

방사성동위원소를 가지고 실험하다 바닥에 쏟았다. 돌아다니면 여기저기 묻을까 봐 안전요원들이 올 때까지 그 자리에 가만히 서 있었다. 내 주위에 대고 방사선 측정기를 눌러보니 미친 듯이 삐빅! 삐빅! 울려댄다. 내 몸은 괜찮을까. 얼마나 피폭됐을까.

의심 많은 도마

수상했다. 엘리베이터 버튼마다 씌워진 필름에 항균 효과가 있다는데 진짜 있기는 한 건지 의심스러웠다. 심지어 항균 효과 99.99퍼센트란다. 구체적인 수치를 보면 더 신뢰가 가야 하는데 수치가 너무 높으니 오히려 더 이상해 보였다. 99.99는 쉽게 얻을 수 있는 수치가 아니다. 적어도 내 연구 경험에 비추어보면 그렇다. 코로나19 시절이었다. 세월이 하도 수상해서 그런지 사기인 것 같고 엘리베이터를 탈 때마다 의심은 커져만 갔다.

필름 밑에 작은 글씨로 Cu+(구리)라고 적힌 걸 보고 나서 논문을 뒤졌다. 확실히 구리는 항균 효과가 있다고 했다. 그렇다고 안심이 되는 건 아니었다. 구리에 항균 효과가 있다 해도 엘리베이터에 붙은 그 필름이 진짜 항균 효과가 있는지는 별개 문제다. 누가 알겠는가. 혹시 필름에 구리와 다른 물질과 섞여 있을지. 아니면 아예 구리가 들어 있지 않은 필름일지.

도저히 의심을 참을 수가 없던 어느 날, 물어물어 항균 필름을 구매했다는 직원을 찾아갔다.

"항균 효과가 진짜 있는지 너무 궁금해서요. 실험을 한번 해보려고 하는데 필름을 조금 주실 수 있으세요? 결과는 알려드릴게요."

황당해하는 담당자에게 얼른 공책 한 장만큼의 필름을 얻었다. 엘리베이터 버튼의 항균 필름이 실험 시료가 되는 순간이었다.

실험실 사람들의 눈은 반짝거렸다. 그랬다. 나만 의심스럽고 나만 궁금했던 게 아니었다. 누구라고 할 것도 없이 실험에 손을 보탰다. 필름을 작게 자르고 국제 공인 항균력 시험에 사용하는 대장균과 황색포도상구균을 꺼내 실험에 돌입했다.

과정은 어렵지 않다. 필름 위에 균을 각각 펴 바른 뒤 일정 시간을 키워 균이 얼마나 생존해 있는지 관찰하면 된다. 물론 항균력이 전혀 없는 필름과 대조해서 비교한다. 실험은 3회 반복. 전체 실험은 딱 이틀이 걸렸다.

확인해보니 구리 필름 위에는 살아 있는 균이 거의 없었다. 반면 대조군으로 쓴 일반 필름 위에는 균이 잘 자라서 더 많은 수로 불어나 있었다. 정말 항균 효과 99.99퍼센트가 맞았다. 그제야 막혔던 속이 확 풀어지는 듯 후련했다.

그런데 나는 왜 이렇게까지 하고 있을까. 내 동료들은 왜 이런 나와 비슷한가. 우리는 왜 궁금하고 의심스러운 것을 그냥 지나치지 못하고 확인을 해야 직성이 풀리는가.

다른 제자들이 그에게 이르되 우리가 주를
보았노라 하니 도마가 이르되 내가 그의 손의 못
자국을 보며 내 손가락을 그 못 자국에 넣으며
내 손을 그 옆구리에 넣어보지 않고는 믿지
아니하겠노라 하니라 (…) 도마에게 이르시되
네 손가락을 이리 내밀어 내 손을 보고 네 손을
내밀어 내 옆구리에 넣어 보라 그리하여 믿음
없는 자가 되지 말고 믿는 자가 되라*

도마는 부활한 예수를 만났다는 다른 제자들
의 말을 쉽게 믿지 않았다. 예수를 직접 만나 십자
가에 못 박혔다는 손, 창에 찔렸다는 옆구리를 자기
눈으로 확인해야만, 자기 손으로 직접 만져봐야만
믿겠다고 했다.

그래서 사람들은 흔히 도마를 믿음이 부족하
고 의심이 많은 인간의 대명사로 자주 인용한다. 그
러나 과학을 하는 나로서는 예수의 제자 중에서 가
장 정상적이고 이상적인 인간형이 바로 도마다. 만
일 도마가 내 실험실에 들어오겠다고 한다면? 일단
합격이다.

* 요한복음 20장 25-27절

실험실은 수많은 도마가 모여 있는 곳이다. 그렇다고 실험실이 서로를 못 믿고 따지고 드는 사람이 많아서 피곤한 곳이냐고 묻는다면, 나로서는 전혀 아니다. 정반대다. 오히려 비슷한 습성을 가진 인간들 천지라서 그런지 실험실에서 오히려 마음이 편하다. 여기서는 서로의 일을 의심하고 궁금한 점을 질릴 때까지 질문을 해대도 그다지 불쾌하지 않다. 의심과 질문이 불신이 아닌 호기심에서 비롯함을 잘 알기 때문이다.

도마의 습성을 이미 이해하고 있었기 때문일까. 예수는 도마를 만났을 때 믿음이 부족하다고 혼내지 않았다. 자기 손과 옆구리를 내보이며 직접 확인해보라고 했다. 혼날지언정 궁금한 걸 지나치지 못한 도마, 스스럼없이 그걸 확인시켜준 예수. 실험실 사람들의 전형적인 티키타카다.

사회가 많이 변하기는 했어도 침묵이 미덕인 긴 시절을 보낸 내 경험에 비추어보면 도마는 사회에서 그다지 환영받는 존재는 아닌 것 같다. 의심과 질문은 자칫하면 상대를 불신한다거나, 공격한다거나, 잘난 척을 한다거나, 예의가 없다는 오해를 불러일으키기 십상이다.

그러니 질문을 하더라도 우선해야 할 것들이

있다. 내 질문이 단순한 호기심 이상의 의도가 없음을 애써 피력하거나, 내가 잘 이해하지 못해서 질문을 던지는 거라고 나를 한껏 낮추는 겸손한 태도로 분명히 밝혀야 한다. 질문을 하는 것도 받는 것도 여간 피곤한 게 아니다. 사회에서는 도마가 아닌 척 숨기고 살아가는 게 훨씬 수월하다.

고백하건대 나는 태생적인 도마가 아니다. 후천적으로 훈련된 도마다. 지금은 누구보다 질문이 많은 귀찮고 집요한 도마가 되었지만 전에는 완전히 반대였다. 전혀 의심하지 못하는 편이었다. 그래서 오래도록 선천적인 도마들을 아주 많이 질투했다. 학부 때까지는 도마가 아니어도 그럭저럭 괜찮았다. 생물은 다른 이과 전공에 비해 암기하면 되는 수업이 많았고 다른 이과 수업도 따라가는 데 별 문제는 없었다.

문제는 실험실에 들어가고 대학원생이 되고서 발생했다. 논문을 다 읽고도 아무 의심도 하지 못했다. 정확히는 뭘 어떻게 의심해야 하는지를 몰랐다. '왜'라고 질문하기보다 교과서를 읽듯 논문 내용을 그저 받아들였다. 논문대로 내 실험에 그대로 따라 할 생각만 했다.

실험실 동료들은 나와 달랐다. 논문을 읽으며

의문을 제기하고, 부족한 부분을 찾아내고, 어떤 실험을 추가해야 하는지 평가했다.

그럴 때마다 부끄러웠다. 나는 왜 그런 의심을 하지 못할까. 왜 생각을 하지 못할까. 왜 그저 침묵하고만 있을까.

수없이 많은 밤을 뒤척이며 괴로워했다. 태생부터 도마인 동료들과 비교해 열등감을 가졌다. 열등감은 그 후로도 몇 년이나 나를 괴롭혔다. 내가 할 수 있는 일은 동료들의 질문을 기억했다가 다른 곳에서 비슷한 질문을 던지면서 도마인 척하는 것이었다.

처음부터 도마가 아니었으니 타인에게서 받는 의심과 질문도 괜찮지 않았다. 대학원에는 세미나 수업이 있었다. 세미나는 학부 때는 없던 형식으로 일주일에 한 번씩 학과 대학원생, 교수 들이 모여 발표와 토론을 벌였다. 학생들은 한 학기에 한 번 자신이 하고 있는 연구 내용이나 연구와 관련된 논문 내용을 사람들 앞에서 발표했다. 나름의 자존심이 걸린 일이라고 여겨 다들 열심이었다. 게다가 교수들에게 예상하지 못한 어려운 질문을 받는 경우가 많아 발표를 앞둔 학생은 초긴장 상태에 돌입할 수밖에 없었다.

같은 실험실 선배가 발표하는 날이었다. 선배와 연구 주제가 비슷했던 나는 평소보다 집중해서 발표를 들었다. 벼의 수량성(수확량)이나 내병성(병에 강한 형질)처럼 중요한 농업 형질에 관여하는 유전자들을 찾는 연구에 대한 내용이었다.

보통 이런 형질에는 여러 유전자가 관여하는 경우가 많다. 기여도가 높은 것부터 낮은 것까지 관여하는 유전자가 열 개가 넘는 경우도 허다하다. 이런 경우를 양적 형질이라고 한다. 한두 개 유전자로 좌지우지되는 형질에 비하면 연구든 육종이든 까다로운 편이다.

내가 듣기로 선배의 발표는 괜찮았다. 그렇게 발표가 끝나고 질문과 답변이 오가며 수업이 마무리될 무렵 어느 교수님이 질문을 던졌다.

"요즘에는 이런 연구가 유행인 것 같던데, 육종에 실제로 이용한 경우가 있나? 실험실에서 실험만 하지 실제 육종에는 사용하기 어려운 거 아닌가? 요즘 학생들은 육종한다고 하면서도 그저 실험실에서만…."

교수님 말이 끝나자 세미나 분위기는 얼어붙었다. 갓 입학한 대학원생이 대답하기에 다소 버거운 질문이자 질책이었다. 당사자는 아니었지만 연구 주제가 비슷한 나 또한 교수님 말에 마음이 퍽 상했다. 선배와 나, 우리가 하고 있는 일이 공격받았다고 느꼈다.

세미나를 마치자마자 실험실로 돌아와 논문을 뒤졌다. 결국 양적 형질 연구로 기존보다 큰 토마토를 만든 논문을 찾아냈다. 당장에라도 논문을 들고 교수님을 찾아가서 따지고 싶었다. 우리를 싫어해서 그런 질문을 하신 거냐고 묻고 싶었다.

참 어렸다. 뒤늦게 그날 일을 돌이켜 생각하면 그렇게까지 마음 상할 일이 아니었다. 육종에 관심이 있다면 누구라도 제기할 수 있는 기본적인 의심이었다. 또 당시는 전통적인 육종 방법에서 분자유전학 등을 이용한 육종으로 바뀌어가던 시기였다. 그러니 선배 육종학자들이 질책 어린 질문을 해도 이상할 게 전혀 없었다. 논문을 하나밖에 찾지 못했다는 것은 그만큼 우리가 앞선 연구를 하고 있다고 생각하면 될 일이었다.

당시 우리가 하던 양적 형질 연구 방법은 이제는 벌써 고전이 되었다 할 만큼 동물, 식물 할 것 없이 유전학 연구에서 흔하게 쓰인다. 그만큼 보고되는 성과도 많다. 지금 다시 그날의 세미나 수업으로 돌아간다면 그분께 차분히 내가 알고 있는 것들을 설명할 수 있을 것 같다.

그러나 중요한 건 설명이 아니었다. 아직 도마도 아니고 인격적으로나 학문적으로 전혀 무르익지 못했던 어린 그때의 나는 타인의 의심과 질문을 제대로 이해하지 못하고 감정적으로 받아들였다.

벌써 20년도 더 지났는데도 아직도 그날의 미숙하고 모순적인 내 분노를 기억한다. 지금은 알 것 같다. 그 교수님도 도마였다. 나는 도마가 되어 질문을 짖어대려고만 할 뿐 다른 도마의 의심과 질문을 받아들일 준비는 전혀 안 되어 있었다. 상대에게는 내 질문에 상처받지 않고 대답할 수 있는 열린 태도를 요구했으면서, 막상 나는 열린 마음이 전혀 없었다.

준비되지 않은 건 더 있었다. 교수님이 던진 질문은 진작에 나 자신에게 던지고 스스로 해결했어야 할 것이었다. 벼 육종을 하겠다고 실험실에 들어갔으면서도 정작 아무 고민이 없었다. 내 연구가 육종에서 어떤 의미가 있는지, 비슷한 연구를 하는 다른 그룹들이 뭘 하는지, 나는 궁금해했어야만 했다. 그러나 실험을 해내는 데 정신이 팔리고 다른 도마들의 겉모습만 흉내 내기에 급급한 나머지 정작 중요한 걸 놓쳤다.

실험실 생활을 하는 동안 가장 힘들었던 건 그렇게 의심 없이 그저 성실하기만 한 나를 깨닫는 일이었다. 생각 없이 매일 똑같은 실험을 반복하기만 하는 나는 로봇과 뭐가 달랐을까. 아니 효율성으로 따지자면 나는 로봇만도 못한 것 아닌가. 과학 하는 도마가 되려면 의심은 상대에게뿐 아니라 나에게 역시 날카롭고 예리하게 정조준하고 있어야 하는 거였는데.

실험실에 오래 있다 보니 나도 의심쟁이가 다 된 것 같다. 그러나 아직도 나는 나를 의심하는 데 서투르다. 그래서 가끔 다른 도마들에게 도움을 요청한다. 내 가설이 합리적인지, 내가 실험을 제대로 하고 있는지, 내가 도출한 실험 결과 해석과 결론이 타당한지. 한마디로 나를 의심해달라고 부탁한다. 그 과정에서 실수와 부족한 지식이 드러날 수도 있지만 잘못을 바로잡을 기회다.

얼마 전 실험실에서 새로운 실험을 위한 세팅을 했다. 기존 자료를 리뷰하고 사전 실험을 거쳐 실험 프로토콜을 만들었다. 완벽해 보였다. 세 번째 실험은 비슷한 실험을 많이 경험한 동료 Y와 함께 진행했다. Y의 눈은 날카롭고 정확해서 평소에도 의심과 질문을 던지며 실험실 동료들에게 많은 도움을 주고 있었다. Y의 의심이 필요했다.

나와 함께 배지를 만들던 Y가 갑자기 시약 한 병을 내밀며 물었다.

"저번 세팅 실험에 쓴 시약이 이게 맞아요?"

"네."

"이건 무수물이에요."

그제야 시약 이름 옆 괄호 안에 있는 안하이드 로스(anhydrous)라는 단어가 눈에 보였다. 물 분자를 함유하지 않은 화합물이라는 뜻이다. 나는 물 분자를 함유한 화합물, 즉 하이드레이트(hydrate) 형태의 시약을 사용했어야 했다. 두 시약은 함유한 물 질량이 다르기 때문에 배지를 제조할 때도 시약 무게를 다르게 사용해야 한다.

급한 대로 실험실에 있는 시약을 쓰다 보니 그렇게 됐다지만, 실험의 기초 중 기초를 또 무시한 채 지나쳤다. 부끄러움에 얼굴이 확 달아올랐다. 그리고 동시에 감사했다. Y가 의심한 덕분에 실수를 하고도 모르고 지나칠 뻔한 실험을 바로잡을 수 있었다. Y에게 부탁했다.

"더 의심하고 들여다봐주세요!"

도마는 서로를 믿는다. 아니, 서로의 의심을 믿는다.

박사학위를 마칠 때쯤이었다. 논문 내용을 상의하러 B교수님을 찾아갔다.

"왜 그런지는 잘 모르겠지만 언젠가부터는 한국에서 온 친구들과 어울리는 것보다 같은 전공을 공부하는 친구들과 어울리는 게 더 편한 것 같아요. 그래서 이번 학기부터는 아예 실험실 친구 J와 같이 살기로 했어요."

"아하! 현정, 드디어 이제 국적이나 언어보다 과학이 통하는 사람들이 더 편해졌구나. 사이언스 컬처(science culture)에 들어온 걸 환영해!"

B교수님이 말한 사이언스 컬처는 어쩌면 날것 그대로의 호기심을 드러내도 되는 문화, 겸손과 예의를 가장하지 않고도 질문과 의심이 통하는 문화가 아닐까 싶다. 그렇다면 아마 나는 이때부터 도마였는지도 모르겠다.

지금 확실한 건, 이제 사람들은 나를 피곤해한다는 사실이다…. 뭐든 대충 넘어가지 못하고 질문을 너무 많이 한다고 생각하는 것 같다. 대충 말해도 알아듣는 센스라도 있으면 그나마 나으련만.

예전의 나라면 분위기를 봐서 이해한 척, 질문하지 않았겠지만 지금은 반대다. 실험실 동료에게 하듯 이해될 때까지 설명을 요청하고 질문을 퍼붓는다. 그러다 귀찮고 싸늘해진 상대의 눈초리를 느낀 적이 한두 번이 아니다. 그래도 좋다. 싸늘한 눈초리를 받고 믿음이 없다고 혼나더라도 의심하는 도마, 내가 좋다.

자살 다리

동네 이름이 이타카(Ithaca)인 걸 알고 많은 상상을 했다. 호메로스의 『일리아드』와 『오디세이아』에 등장하는 지명이 아닌가. 영웅 오디세우스는 10여 년 트로이 전쟁이 끝나고 "가자 이타카로!"를 외치며 고향으로 돌아가는 여정을 시작하는데, 이타카에 도착하기까지 꼬박 20년이나 걸렸다. 오디세우스는 이타카를 얼마나 그리워했을까! 그래서 이타카는 여행의 종점, 이상향의 이미지가 있다. 하지만 아름다운 이타카는 내게는 끝이 아닌 새로운 시작이었다.

이타카는 뉴욕시에서 차로 네 시간 정도 떨어진 작은 도시다. 작은 도시에 코넬대학교와 이타카칼리지 두 대학이 들어선 그야말로 칼리지타운이다. 워낙 작은 도시라 학교를 중심으로 돌아간다. 학생들이 밀물처럼 몰려드는 학기 중과 썰물처럼 빠져나가 휑한 방학 때 분위기가 사뭇 다르다.

학기는 가을에 시작하는데 나는 미국에 가기 전 다니던 식물검역원(현 농림축산검역본부) 일을 휴직하고 가느라 한 학기를 유예하고 겨울에 입학했다. 처음 코넬에 도착하자 시계탑에서 요한 세바스찬 바흐의 〈예수, 인간 소망의 기쁨(Jesu, Joy of Man's Desiring)〉이 들려왔다. 차임(chimes) 연주 특유의 느리고 부드러운 종소리가 낯선 이국땅에 이제 막 도착해 잔뜩 긴장한 나를 위로해주는 것만 같았다.

코넬대학교의 교육 이념은 내가 이 학교를 좋아한 이유가 되었다. 창립자인 에즈라 코넬의 설립목표('I would found an institution where any person can find instruction in any study')는 흔히 '누구든, 어떤 학문이든(Any Person, Any Study)'이라고 일컬어진다.

나는 코넬대학교 농생대에서 식물유전학과 육종학을 공부했다. 연구 주제는 당연히 벼였다. 큰 틀에서는 석사 때와 비슷한 주제였다. 크게 달라진 게 있다면 유전체를 연구하고 유전체 정보를 이용하는 것으로 연구 방법의 범위가 확장되었다. 유전체 정보를 해독하는 연구 흐름에도 변화가 있었기 때문이다. 2002년 인간 유전체가 해독되고 바로 뒤이어 작물 중에서 최초로 벼의 유전체 정보가 밝혀졌다. 그 후 생물 연구의 흐름은 빅데이터를 이용하기 시작하며 급격히 변했고 나도 그 흐름에 동참할 수 있었다.

나는 벼 유전자를 탐색하는 데 사용할 벼 집단을 만들고 유용한 유전자를 탐색하는 툴(tool)을 개발하는 연구에 참여했다. 그리고 야생 벼의 유전적 다양성을 연구하고 현재 지구상에서 먹고 있는 벼와의 연관성을 찾는 연구도 수행했다. 모든 결과는 좋은 벼 품종을 육성하기 위한 기본 정보로 사용될 수도 있고, 벼가 어떻게 진화했는지 힌트를 얻는 데 활용될 수도 있다.

연구를 위해 실험실과 온실에서만 머물지는 않았다. 실험이 없을 때는 주로 도서관에서 시간을 보냈다. 도서관은 실험실 바로 옆 건물이라 가까웠고 꽉 막힌 사무실보다는 공간이 탁 트여 공부하고 휴식하기에 훨씬 좋았다(결정적으로 도서관 컴퓨터가 내 노트북보다 훨씬 성능이 좋았다.) 도서관 밖으로는 나무와 잔디가 가득해 계절에 따라 이곳을 찾는 다양한 새를 관찰할 수도 있었다.

그러나 아름다운 풍광과는 거리가 멀게도 언젠가부터 도서관 게시판, 화장실 모든 칸 벽에는 전화번호와 함께 '24/7'이라고 적힌 스티커가 다닥다닥 붙었다. 필요하면 언제든 요일과 시간에 상관없이 학내 상담센터로 연락하라는 내용이었다. 자살 방지 문구도 함께였다. 아마 이곳의 아름다운 자연도 학생들의 마음에 충분한 위로가 되지는 않는 모양이었다.

자살한 학생들 소식이 학교 이메일로 모두에게 전달됐다. 주로 밤이 빨리 오고 춥고 눈이 많이 내리는 긴 겨울에. 계절의 영향일까. 학업 스트레스 탓일까. 혹은 또 다른 사정일까. 이유를 한두 가지로 특정할 수 없지만 이타카의 악명 높은 혹독한 겨울 날씨와 공부의 무게가 더해져 특히 학생들의 마음을 어둡게 짓누른 것 같았다.

　　어느 해 봄학기에는 이메일이 여섯 통 날아왔다(봄학기라지만 1월부터 시작해 사실상 겨울이다.) 그중 세 번은 사흘 연달아 왔다. 막 20대로 접어든 세 학생의 죽음이 그 안에 담겨 있었다.

　　매일같이 날아드는 비보에 학내 분위기는 날씨처럼 급격히 침울해졌다. 총장이 전교생에게 보낸 이메일과 학교 신문 등에는 도움이 필요하면 주저하지 말고 제발 학교 상담센터를 당장 방문하라는 간절한 당부가 담겨 있었다. 학교 스태프들은 매일 아침 기숙사 방문을 두드리고 돌아다니며 학생들이 잘 지내고 있는지, 간밤에 무탈하게 돌아왔는지, 우울해 보이지는 않는지 일일이 확인했다. 교수들 또한 강의 시작 전에 수업이든 과제든 버겁고 힘들면 언제라도 알려달라는 이야기부터 꺼냈다. 공부를 도와주겠다고 했고 개인의 건강이 가장 중요하다고 강조했다.

캠퍼스 안에도 큰 변화가 생겼다. 학교 곳곳에서 아름다움을 빛내던 협곡 위 다리마다 추락을 원천봉쇄하는 펜스와 안전장치가 단단하고 흉물스럽게 세워졌다. 그것도 부족해 한 학기가 넘도록 학교 안 다리 곳곳에는 가드들이 지키고 서 있었다. 어떤 다리에는 오랜 기간 동안 다리에서 목숨을 잃은 학생들을 기리는 꽃이 놓였다. 학생들 생명을 앗아간 죽음의 다리였다.

이곳에는 이미 '자살 다리'라는 오명이 붙어 있었다. 이 다리 위에 서면 밑에서 흐르는 물소리가 유독 크고 세차게 들린다. 이리저리 튕겨 나가는 팔팔한 물길이 워낙 거세 혹여 떨어질까 오금이 저리도록 아찔하다. 그러니 사고가 생겨도 구조가 어려운 곳이라고 했다. 사람을 삼키고 내놓지 않는 악마의 입처럼.

등하교를 하거나 강의실을 찾아다니다 보면 학교 안에 있는 어떤 다리든 하루에 하나 정도는 건너기 마련이다. 매일 건너도 날마다 계절마다 바뀌는 풍경이 아름다워 그 자리에 서서 주변을 감상하는 건 전혀 이상한 일이 아니다. 그런데 이 무렵에는 다리 위에 가만 서 있으면 가드나 지나가던 사람들이 걱정 어린 눈빛으로 다가와 괜찮은지 물었다.

어느 때부턴가는 더 이상 학생들 자살 소식이 이메일로 전해지지 않았다. 자살 소식이 학생들에게 독소처럼 퍼져 또 다른 자살을 불러일으킬까 염려했다. 그러나 모두가 알고 있었다. 자살이 멈추지 않고 있다는 걸.

우울하다는 단어는 전혀 낯설지 않았다. 내 주변에는 학부생이건 대학원생이건 가리지 않고 우울증 상담을 정기적으로 받고 우울증 약을 먹는 이들이 많았다.

나도 예외는 아니었다. 나도 우울했다. 학위를 받기 위해 3년간 진행해온 프로젝트가 여러 이유로 지지부진했다. 급기야 연구 주제를 아예 변경해야 했을 때 스트레스가 극에 달했다. 게다가 처음 겪은 인간관계의 어려움으로 일에 집중하기 힘들었다.

매일 아침 일을 시작하기도 전에, 밤새 날아와 쌓인 이메일을 보는 것만으로도 질렸다. 극히 평범하게, 게다가 친절하게 안부를 전하고 프로젝트 진행 상황을 묻는 내용이었다. 그러나 한껏 예민해진 나에게는 그 친절함이 도리어 비수 같았다. 급기야 아예 컴퓨터나 핸드폰으로 이메일을 여는 일조차 두려워졌다. 바보 같지만 사실이었다.

S에게 고민을 털어놓았다. 그는 전혀 놀라워하지 않았다. 자기도 가족과의 불화로 생긴 마음의 상처가 있어 로컬 상담센터를 주기적으로 방문하고 있다고 했다. 그리고 나 대신 내 이메일을 클릭해서 열어주겠다고, 그러니 우울해지고 이메일 스트레스가 크면 언제든 찾아오라고 했다.

나는 몇 번이나 아침 일찍부터 S를 찾아갔다. S는 내 노트북을 열어 이메일을 대신 확인하고는 말했다. "이메일 온 게 몇 개 없어. 봐봐. 괜찮아."

"정말?" 그제야 나는 마음을 가라앉히고 S가 먼저 열어준 내 이메일을 확인했다. 그리고 차분하게 하나씩 읽고 답장을 썼다. 그간 몇 년을 해온 일에 대한 내용이었다. 어떤 이메일에도 나를 비난하거나 공격하는 내용은 전혀 없었다.

그러나 내가, 내 마음이 달라져 있었다. 지금껏 해온 똑같은 일을 똑같이 하기가 어려워졌다. 아무 비난도 공격도 없는 이메일조차 내가 약해졌음을 알려주는 거울 같아 마주하고 싶지 않았다. 그 무서운 대면의 순간을 S는 이해했고 나 대신 먼저 대면해줬다. 나는 S의 등 뒤에 숨어 그 순간을 피했다. 그 순간이 지나면 그나마 다음 행동을 이어갈 수 있었다.

그러나 슬픈 마음은 사그라들지 않았다. 근본적인 문제는 해결되지 않았기 때문이다. 결국 용기를 내 지도교수님을 찾아갔다. 개인적으로 겪은 어려움과 프로젝트로 인한 스트레스를 털어놓았다. 연구 주제를 변경하고 싶다고도 말했다.

교수님은 즉시 연구실 문을 닫았다. 흐느끼는 내게 휴지를 내밀고는 끝까지 조용히 이야기를 들어주셨다. 그리고 논문 한 편을 프린트하더니 같이 읽자고 하셨다. 우울증에 관한 논문이었다. 내가 전형적인 우울증 초기인 것 같다고 했다. 실험실과 학과의 많은 이가 우울증으로 고생하고 있다고도 했다. 증세가 심각해 상담과 약물 치료를 병행하며 고생하는 이도 꽤 있다고 귀띔해주셨다. 수업과 세미나에서 마주친 친구들 모두 총명하고 밝아 보였는데. 큰 충격이었다.

교수님은 학교 상담센터에서 상담을 받으면서 새 프로젝트를 함께 시작하자고 하셨다. 상담센터에 같이 가주겠다고 하셨다. 그러나 교수님 스케줄이 얼마나 바쁜지 잘 아는 터라 차마 그것까지 부탁할 수는 없었다. 바로 상담센터에 전화했고 그 후로 1년 정도 정기적인 상담을 받았다.

우울증에 무지했듯 상담센터에 대해서도 무지

했다. 한 번 가서 바닥까지 뱉어내면 후련해지는 해우소 같은 곳인 줄 알았는데 훨씬 현실적이고 적극적이었다. 첫 상담에서 상담사는 내가 어떤 사람인지, 왜 우울한 기분이 시작됐는지 파악하려고 집요하게 질문을 던졌다. 그리고 상담에서 무엇을 얻고 싶은지 물었다. 나는 어려움을 헤치고, 새롭게 시작하는 프로젝트를 잘 마치고 싶다고 답했다.

두 번째 상담부터는 평상시에 겪는 어려움에 관해서 대화를 나눴다. 언제 제일 두려운지, 그럴 때 어떻게 마음을 가라앉히는지, 생각도 하기 싫어 외면하며 미루는 게 있는지, 잘 자는지, 잘 먹는지.

상담사는 내가 회피하려 한 것들을 끄집어내 행동의 우선순위를 정하도록 도움을 줬다. 매번 상담을 마치면 나는 그 순위대로 행동하며 그간 회피한 것들을 하나씩 지워나갔다. 전에는 홀로 해온 일상의 일들을 상담사의 도움을 받아서 해나갔다.

계획했던 많은 것이 더뎌지고 미뤄졌다. 그래도 포기하지 말자고 몇 번이고 다짐했다. 그러곤 누구도 내 상태를 알지 못하길 바라면서 애써 밝은 척을 했다. 그러나 동시에 또 누구가는 감춰둔 우울함을 이해하고 도와주기를 간절히 바랐다. 그렇게 주변의 도움에 기대어 새 프로젝트로 박사과정을 끝냈다. 그리고 긴 이타카 생활을 겨우 마쳤다.

'힘내.' 우울한 사람에게 가장 하지 말아야 할 말이라고 했다. 그리고 내가 우울하다고 얘기한 뒤에 가까운 친구들에게서 제일 많이 들은 말이었다. 유학생이면 누구나 겪는다고, 너만 겪는 어려움이 아니라고, 힘내라고. 쉽게 일반화해서 말했다. 그 정도면 우울한 것도 아니라며 앞을 다투어 자신이 겪은 어려웠던 경험을 말하는 사람도 있었다.

공허한 응원 대신 침묵을 택하는 경우도 있었다. 내가 그랬다. 첫 학기에 나이 어린 룸메이트와 지냈다. 그는 방에서 거의 나오지 않았다. 아주 가끔 밤에 갑자기 비명을 질렀고 어딘가에 전화해서 큰소리로 울기도 했다. 시험 기간에는 발작 같은 비명이 더 잦아졌다. 학업 스트레스 때문 같았다. 나와 다른 룸메이트들은 시끄럽다고 항의하는 대신 침묵하며 참기로 했다.

학기가 끝나고 그 친구가 내 방에 찾아왔다. 그동안 미안했다며 사과했다. 부모님의 이혼을 받아들이기 어려웠고 학업 스트레스가 심했다며 휴학을 할 것 같다고 했다. 그날은 내가 이사를 나가는 기숙사 마지막 날이었다.

룸메이트를 위한답시고 선택한 침묵이 옳았었

는지는 모르겠다. 모른 척하는 게 돕는 거라 생각했지만 힘내라는 말뿐인 위로와 내 침묵은 뭐가 달랐을까. 그 후 룸메이트를 본 적은 없다. 그러나 공부를 잘 마치고 졸업은 했을지 항상 마음에 남았다. 우울증에 대해 알게 된 뒤에 만났다면 조금은 다르게 대하지 않았을까.

해도 해도 끝이 없는 공부, 실험. 불확실한 미래. 모두가 경쟁하는 분위기. 어둡고 추운 날씨. 모든 게 우울함을 증폭시켰던 것 같다. 서로가 서로의 우울함을 이해하기에도, 자기 자신의 우울함을 받아들이기에도 미숙했다.

그랬기에 나에게 손을 내민 S와 지도교수님이 고맙고 기억에 남는다. 만일 S와 지도교수님마저 대학원생 모두가 그런 어려움을 겪는다고 말하고, 자기도 대학원 때 거친 과정이라며 힘내라고만 하고 구체적인 도움을 주지 않았다면 또는 스스로 일어나길 바라며 침묵했다면 지금의 나는 어떤 모습일까 상상해본다.

스와르나 서브원,
물속에서도 버티는 벼처럼

홍수로 물에 완전히 잠긴 벼가 살아남는 방법은 두 가지다. 물 높이보다 키를 더 키우거나, 숨을 꾹 참고 물이 빠질 때까지 기다리거나. 다른 말로 하면 어려움에서 스스로 탈출하든지 아니면 어려움이 지나갈 때까지 견디든지. 둘 중에 농부에게는 키가 훌쩍 커져 쓰러지기 쉬운 벼보다는 숨을 참고 견디는 벼가 효자다. 버티기로 살아남은 벼는 물 빠진 논에서 다시 성장해 알곡을 맺는다.

벼가 물에서 버틸 수 있는 기간은 최대 2주 정도다. 그나마 2주를 버틸 수 있는 벼(침수저항성 벼)는 아주 아주 드물다. 보통 벼는 물에 잠긴 뒤 일주일, 아니 3일 이내에 죽고 만다. 이럴 때 벼를 연구하는 과학자들이 해야 할 일은 명확하다. 보통의 벼가 숨 참기 능력을 가질 수 있는 방법을 개발하는 일이다.

가끔 나를 벼라고 상상한다. 그리고 내가 살아가는 이 논이 어떤 곳인지, 나는 이곳에서 어떻게 살고 있는지 주위를 돌아보고 또 나를 살핀다.

어렸을 적에는 딱 필요한 만큼 물이 담긴 논에서 넉넉하지도 부족하지도 않게 살았던 것 같다. 물이나 양분이 약간씩 부족할 때가 있었어도 그럴 때면 뿌리를 흙 속 깊이 조금 더 뻗어 또 그럭저럭 살아냈다. 마치 내가 어떤 환경에서도 버틸 수 있는 튼튼한 벼인 양 착각하면서.

내가 튼튼한 벼가 아닐 수 있다는 사실은 유학 생활에서 바로 드러났다. 공부, 연구, 이방인으로 겪는 시간이 길어지며 나를 둘러싼 수위는 점점 높아져갔다.

박사과정 내내 나는 아슬아슬 물속에 잠긴 벼 같았다. 코스워크(박사 수업 과정)도 끝냈고 박사 후보 시험도 통과했지만 연구는 언제부턴가 속도를 내지 못하고 있었다. 온실에서 벼를 키우고 교배하는 일도, 실험실에서 실험하는 일도, 실험 데이터를 분석하고 결과를 내는 일도, 도서관에서 논문을 읽고 쓰는 일도 즐겁지 않았다.

오히려 괴로웠다. 이미 몇 년을 들여 많은 일을 해놓았고 진행 상황도 나쁘지 않았다. 그러나 더 이상 하고 싶지 않았다. 끝이 보이지 않는 프로젝트에 지쳤다. 유학 생활 내내 쌓인 힘든 순간들이 프로젝트와 함께 버무려졌다.

우울할 때면 온실을 찾았는데 온실을 찾으면 우울한 기억들이 떠올랐다. 나는 완전히 물속에 잠긴 것만 같았다. 연구 의욕을 잃었다. 학위를 마치는 건 아예 불가능해 보였다.

선택의 순간이 다가왔다. 이곳에서 도망칠지 아니면 버틸지. 그리고 나는 모두가 말리는 위험한 결정을 내렸다. 박사학위 연구 프로젝트를 바꾸기로 했다. 이곳에서 어떻게든 버티고 싶었다.

그 무렵 모니를 만났다. 모니는 국제미작연구소(International Rice Research Institute, IRRI)에서 박사학위를 마치고 우리 실험실에 포닥(박사 후 연구원)으로 들어왔다. 활짝 짓는 웃음 뒤로 살짝 팬 보조개와 반짝거리는 양 볼이 유난히 인상 깊었다.

그러나 그런 모니를 보면서도 나는 웃을 수가 없었다. 내가 포기한 프로젝트를 이어받기로 한 사람이 모니였기 때문이다. 인수인계를 하기 위해서라도 상처 가득한 프로젝트를 제대로 마주해야 했다. 두려움을 대면하는 것, 그것은 물속에서 버티기 위해 내가 첫 번째로 넘어야 할 산이었다.

우리가 처음 만나서 나눈 대화 주제는 역시 벼였다. 프로젝트로 힘들었다지만 당연했다. 내 시간은 벼를 떼어놓고 설명하기 어려웠다. 그리고 벼와 함께한 모니의 시간은 나보다 훨씬 더 길었다. 모니의 아버지는 아프리카와 아시아에서 일하는 벼 육종가이자 학자였다. 모니 또한 어렸을 적부터 아버

지를 따라 벼가 있는 이곳저곳에서 살아왔고 성인
이 되어서는 아버지가 걸어온 길을 따르고 있었다.

우리는 물속에 잠긴 벼에 관한 이야기를 나눴
다. 모니가 침수저항성 벼 연구로 학위를 마쳤기 때
문이기도 했고, 내심 궁금했다. 침수저항성 유전
자(*Submergence1. Sub1*)의 대략적인 위치를 처음 밝
힌 논문이 발표된 1996년 이후 국제미작연구소에서
는 어떤 일을 진행하고 있는지. 그곳에서 일했던 모
니에게 희망찬 이야기를 듣고 싶었다. 그러면 나 역
시 나를 잠식한 이 물이 다 빠질 때까지 힘을 내 버
틸 수 있을 것 같았다.

모니는 마치 나를 위해 준비한 듯 스와르나 서
브원(Swarna-Sub1)이라는 벼를 소개했다. 스와르나
는 원래 인도 등지에서 많이 재배하는 인기 있는 벼
품종이다. 그러나 홍수에는 매우 취약하다. 그러니
까 보통의 좋은 벼다. 연구진은 이 벼에 서브원 유
전자를 넣어 물속에서 2주 정도 버틸 수 있는 스와
르나 서브원 벼 품종을 개발했다.

바로 내가 기대한 해피엔딩이었다. 가만 보니
내가 바로 물에 잠겨버린 스와르나였다. 이 깊은 물
속에서 살아남으려면 나는 스와르나 서브원이 되어
야 했다.

    침수저항성 벼 품종을 개발하는 데는 다양한 연구진이 참여한 나름의 긴 역사가 있다. 먼저 인도의 농지에서 홍수에도 버티는 재래 벼를 발견하고 수집한 1950년대로 거슬러 올라가야 한다. 이후로도 국제미작연구소에서는 전 세계에서 수집한 벼를 대상으로 체계적인 스크리닝을 거쳐 침수저항성을 가진 벼를 찾아냈다. 하지만 극소수였고 그나마도 미질이나 수량이 많이 떨어졌다.

    1980년대부터는 이 벼들을 이용해 침수저항성 벼 품종 육종을 시작했다. 그리고 관련한 유전자(Sub1)가 염색체 9번 중간 부분에 위치하는 것을 밝혀냈다. 다른 연구진은 유전자의 기능과 유전자들의 상호연관성에 관한 연구를 진행했다.

    논문에 따르면 서브원은 물속에 잠긴 식물의 생장을 억제하고 몸체의 에너지 소비를 최소화한다. 그야말로 버티기다. 또 다른 연구진은 기존에 재배한 다양한 벼 품종에 이 유전자를 넣는 방식으로 벼를 육종해나갔다. 나라와 지역별로 주요하게 재배하는 벼가 다르니 좋은 전략이다. 이렇게 기존 벼에 침수저항 능력을 추가한 벼를 서브원 벼 품종이라고 하고 스와르나 서브원도 그중 하나다.

    모니와 자주 만나 벼에 관한 대화를 이어갔다.

같은 벼를 공부했다지만 각자 세부 전공이 달랐기 때문에 할 얘기가 많았다. 좋아하는 대상을 다른 시야로 바라보는 건 생각보다 즐거운 일이었다. 가령 모니가 분자생물학적인 측면에서 서브원이 식물체 내에서 어떻게 발현하는지 소개하면 나는 분자유전학과 육종학적인 접근으로 어떻게 육종 재료를 만들고 목표 유전자를 찾는지 내 프로젝트를 예로 들어 설명했다.

하루는 벼 유전자 칩을 어떻게 디자인해서 개발했는지 그림을 그려가며 모니에게 설명했다. 그 칩을 쓰면 한 번에 최소 96개의 벼에서 각각 364개의 유전 정보를 얻을 수 있었다. 요즘에야 한 번 실험으로 100개 이상의 벼에서 수만 가지 유전 정보를 얻는 게 일도 아니지만 그때는 나름 선구적인 일이었다.

"현정, 이 유전자 칩에 '육종가의 칩(breeder's chip)'이라고 누가 이름을 붙였어?"

"나야."

"멋지다. 이름이 정말 맘에 들어."

"고마워."

모니는 육종가에게 도움이 되고 싶었던 내 마음을 모니는 누구보다 잘 이해했다. 아프리카와 인도, 필리핀에서 벼를 연구하며 굶주리는 사람을 위해 애쓴 육종가 아버지의 모습을 어렸을 때부터 지켜봤기 때문이 아니었을까.

언제부턴가 온실에 가도 우울한 일들이 잘 떠오르지 않았다. 아니 실험 데이터와 벼를 보며 끊이지 않고 의견을 나누느라 다른 생각을 할 틈이 없었다. 우울한 시간과 버무려졌던 프로젝트는 모니와의 즐거운 대화로 덧입혀졌다. 두려울 줄 알았던 프로젝트와의 대면이 그렇게 지나갔다. 오히려 나는 모니의 격려 속에 프로젝트를 완전히 떠나지 않고 계속해서 돕기로 했다.

1년 동안 벼 이야기를 나누고도 우리에게는 이야기가 여전히 남아 있었다. 우리는 룸메이트가 되었고 내가 이타카를 떠날 때까지 몇 년을 함께 지내며 남은 이야기를 다 쏟아냈다. 그사이 '육종가의 칩'은 쓰임새를 다했다. 대신 모니는 수만 개의 유전 정보를 한 번에 알아낼 수 있는 실험을 시작했다. 나 역시 새 프로젝트를 시작했고 실험에 모니를 초대했다. 300종 정도 되는 야생 벼의 유전체를 분석해 유전적 다양성과 재배 벼와의 유전 관계를 연구하는 프로젝트였다(나중에는 북한 벼 유전체 분석 연구도 함께 했다.) 나는 모니의 도움으로 분석에 더 많은 시간과 노력을 쏟아부을 수 있었다. 나도 모르게 연구에 의욕이 되살아났다. 나를 잠식하던 홍수가 걷히며 서서히 빠지고 있는 듯했다.

홍수는 농사를 짓는 모든 지역에 심각한 피해를 끼치는 주된 원인이다. 현재는 기후변화로 홍수의 강도와 빈도가 높아져 피해가 더 심각해지고 있다. 급기야 2023년에는 세계 최대 쌀 수출국인 인도에서 일부 벼의 수출을 금지하는 사태까지 벌어졌다. 그러니 침수저항성 벼 개발은 당장 해결해야할 시급한 과제다.

우리나라처럼 농촌진흥청이나 대학에서 자체해결이 가능하다면 모를까, 그렇지 않다면 외부와의 협력이 절대적으로 필요하다. 스와르나 서브원역시 국제미작연구소와 미국 연구진이 크게 기여했다. 그리고 그 안을 들여다보면 세계 각지에서 모인 연구원들이 포진해 있다. 나와 모니처럼 각기 다른 세부 전공으로 벼를 공부한 사람들이다. 스와르나 서브원 이야기는 연구원들의 품종 개발로 끝나지 않았다. 또 다른 이야기로 이어진다.

스와르나 서브원이 아무리 훌륭하다 한들 농부들에게 선택받지 못하고 농지에 심어지지 않으면 무용지물이다. 이제는 각국의 주 정부나 지역 정부의 행정가, NGO 활동가, 경제학자, 사회학자 등이 나섰다. 이들은 수해 지역 농가를 찾아 농부들에게 새 품종을 소개하고 보급하는 역할을 했다. 처음부터 쉽게 농부들이 새 품종을 받아들이진 않았다. 그렇기에 어떤 방법으로 교육하고 보급해야 하는지, 서브원 품종을 재배한 뒤로 어떤 결과가 있었는지 연구를 수행한 이들도 있었다.

모두가 합심해 노력한 덕분에 2017년에만 인도, 방글라데시, 네팔 등지에서 600만 명이 넘는 농부들이 스와르나 서브원 벼 품종을 재배하고 있다고 한다. 지금은 더 많아졌을 것이다. 이렇듯 침수로 인한 식량 위기 문제는 1950년대 유전자원 수집부터 형질 조사, 유전학 연구, 생물학 연구, 품종 개발, 농가 보급까지 수많은 이의 손을 거쳐 조금씩 해결되고 있다.

모니와 내가 공유하는 것들은 벼에서 일상으로 범위가 점점 넓어졌다. 연구에 다시 집중했어도 나는 아직 불안정했다. 물이 빠지며 겨우 숨은 쉬게 되었어도 물속에서 오래 지낸 터라 줄기와 잎은 아직 연약한 벼에 비할 수 있을까. 모니는 내 줄기와 잎이 다시 튼튼해지고 논 위에 우뚝 설 수 있게 도와주기로 작정한 사람 같았다.

모니는 나의 그 어느 친구보다도 압도적으로 많이 잔소리를 했다. 끼니를 대충 넘기지 말라며 아침마다 자신의 도시락과 함께 내 점심 도시락을 싸주고, 건강해야 한다며 억지로 요가 클래스에 데려가고, 친구를 많이 사귀어야 한다며 자기 가족과 친구 모임에 나를 끌고 다녔다.

나 역시 모니에게 의지했다. 도서관에서 공부를 하다가도 기분이 가라앉으면 모니를 만나러 실험실에 갔다. 그러면 틀림없이 모니는 신나는 음악을 크게 틀어놓고 춤을 추며 실험하고 있었다. 나는 그 옆에 앉아 힘들었던 얘기를 모니에게 툭 털어놓거나 함께 춤을 추었다(모니는 모기 같은 내 춤을 보고도 절대 비웃지 않았다!) 일상생활이 건강해지자 많은 변화가 생겼다. 이제 나는 물 빠진 논 위에 우뚝 서 있었다.

같은 연구실에서 많은 일을 함께 하다 보니 우리는 각자 겪는 어려움을 깊이 이해했다. 특히 내가 모니에게 넘긴 프로젝트는 육종 연구 특성상 짧은 기간에 끝낼 수 없었다. 내가 지친 이유였다. 모니 역시 같은 문제에 부딪혔다. 직장을 구하려면 1저자로 작성한 논문이 필요했으나 몇 년이 지나도 그 프로젝트는 끝날 줄을 몰랐다. 많이 노력했음에도 불구하고 여전히 논문을 쓰기에는 충분치 않았다. 모니에게도 위태로운 시기였다. 우리는 긴 기다림에 지치지 않도록 서로를 격려했다.

모니의 잔소리는 내가 이타카를 떠나고 나서도 멈추지 않았다. 혹시 내가 다시 물속에 잠길까 봐 걱정했던 것 같다. 내가 캘리포니아대학교 데이비스캠퍼스(UC Davis)로 연구실을 옮기고 얼마 후 바로 나를 보러 왔다. 며칠간 함께 지내며 집은 어떤지, 음식은 잘 해 먹고 사는지, 어떤 친구를 사귀었는지 자세히 살폈다. 나와 일하는 실험실 P박사를 함께 만나 실험실에서의 내 생활도 요리조리 점검했다. 마치 잔소리를 하려고 왔다는 듯이!

그러고도 부족했는지 국제미작연구소에서 함께 공부한 T와 J 부부를 나에게 소개했다. T는 모니와 침수저항성 연구를 함께한 가까운 친구였다. 내가 친구 없이 실험실과 집만 전전할까 걱정하며 T부부에게 일주일에 한 번이라도 꼭 함께 밥을 먹으라고 신신당부했다. 모니의 바람처럼 우리는 벼라는 공통점으로 금세 가까워졌고 T가족 덕분에 나는 데이비스에서도 물속에 잠길 틈이 전혀 생기지 않았다.

어느 날 모니의 언니에게서 다급한 연락이 왔

다. 모니가 급성백혈병으로 응급실에 있다고 했다. 얼마 지나지 않아 모니는 시카고로 옮겨졌다. 시카고에는 암 치료로 유명한 병원이 있었고 언니 가족이 살고 있었다. 떨리는 마음으로 시카고로 모니를 찾아갔다.

그러지 말자고 다짐했었다. 그러나 풍성했던 머리카락이 모두 없어진 모니를 보자마자 울음을 참을 수가 없었다. 모니는 농담을 건네며 오히려 나를 위로했다.

"현정, 네가 나를 보자마자 울 줄 알았어. 근데 머리카락 없어도 나 좀 멋지지 않아? 요즘 유행이래."

병원에는 프랑스에서 한 달이나 휴가를 내고 온 모니의 친구가 간병을 하고 있었다. 몇몇 친구들은 이미 다녀갔고, 다른 친구들이 더 올 거라고 했다. 우리는 모니의 언니 집에 머물며 병원을 오갔다. 언니 역시 병간호를 위해 재택근무를 했다. 모두 한마음으로 모니의 회복을 바라며 기도했다.

치료는 길어졌다. 모니의 한 친구가 기부금 사이트를 만들어 필리핀, 인도, 미국, 아프리카, 유럽 등지에 흩어져 있는 모니의 친구들에게 소식을 전했다. 모두 벼를 연구하며 만난 친구들이다. 10달러, 100달러, 1000달러. 처음 목표한 3만 달러는 며칠 만에 훌쩍 넘겼다. 모니는 나에게 그랬듯 다른 친구들에게도 아낌없이 애정을 줬던 모양이었다.

모두의 바람대로 모니의 상태는 호전되어 퇴원할 수 있었다. 모니는 여전히 씩씩했다. 그리고 어김없이 잔소리를 하러 데이비스를 찾아왔다. 함께 지내는 동안 모니는 주로 논문을 썼다. 다행히 프로젝트 일부가 마무리되고 있었다. 모니는 논문을 마치면 아프리카에 가서 사람들을 돕고 싶다고 했다. 독한 약을 먹고, 가끔 통증을 호소하면서도, 그 꿈을 위해 논문을 쓰는 모습이 모니다웠다.

한국으로 귀국하기 전 나는 작별 인사를 위해 모니가 있는 시카고를 다시 방문했다. 그리고 한국에 돌아가서도 모니를 다시 만나러 1년 안에 미국으로 돌아오겠다고도 약속했다.

그렇게 헤어지고 몇 개월 지나지 않았을 때 모니에게서 전화가 왔다. 다시 병원이라고. 자신에게 남은 시간이 얼마 없다고. 내가 보고 싶다고. 마침 2주 후엔 설 연휴였다. 그때 휴가를 내 미국에 가겠다고 약속했다.

그러나 며칠 뒤 데이비스의 T에게서 다급한 연락이 왔다. 아무래도 모니에게 시간이 얼마 남지 않은 것 같다고 했다. 미국에서 오는 전화를 절대 놓치지 말라고 당부했다.

바로 그날 새벽, 마지막 인사를 하라며 모니의 언니가 영상 통화로 모니를 비춰줬다. 모니는 이미 정신을 잃고 침상에 누워 있었다. 그런 모니를 보며 그저 고마웠다고, 네 덕분에 내가 살 수 있었다고 몇 번이고 말했다. 나도 누군가에게 모니가 되어주겠다고도 말했다. 내 말이 모니에게 닿길 간절히 바랐다. 우리의 마지막 시간이었다. 설 연휴에 가겠다는 약속은 결국 지키지 못했다.

1년쯤 지나 드디어 모니의 논문 두 편이 세상에 나왔다. 모니가 그토록 원한 일이었는데. 시간이 야속했다. 모니와 나는 2020년 여름이 되면 다른 친구들과 함께 인도로 여행을 가기로 약속했었다. 네팔 근처 인도 북부 출신인 모니는 부모님이 계신 아름다운 그곳, 쿠시나가르를 우리에게 보여주고 싶어 했다. 유럽, 아프리카, 미국 등지에 뿔뿔이 흩어져 사는 여러 친구들과 시간을 내 꼭 함께 모이기로 했었다. 2016년, 긴 머리의 모니가 아직 건강했을 때 나는 그 여행에 초대받은 마지막 멤버였다. 꼭 갈 줄 알았다. 모니가 그리울 때면 지금도 나는 인도의 쿠시나가르를 지도로 찾아본다.

세상에는 수많은 모니가 있다. 나를 살렸던 모니처럼, 그들은 수많은 사람을 살리고 있다. 물에서 2주를 버티는 벼를 만들었던 그들은 이제 2주보다 더 오랜 기간을 버틸 수 있는 벼를 만들고 있다. 또 다른 곳에서는 가뭄에, 추위에, 염해에, 병에 견디는 벼를 개발하기 위해 실험실에서, 논에서, 농가에서 고군분투하고 있다. 이들이 세상의 사람들에게 전하는 메세지는 모니가 나에게 했던 격려와 다르지 않다.

　　"현정! 포기하지 마. 할 수 있어. 우리가 서로 돕고 있으니까 할 수 있어. 같이 버티자!"

라일라, 쌀 향기가 나는 사람

따뜻한 수분을 머금어 알이 통통해진 뽀얗고 윤기 나는 쌀밥. 구수한 향과 함께 김이 모락모락 나는 막 지은 쌀밥은 어떤 반찬이나 음식과도 한 공기 뚝딱할 수 있다. 밥은 식탁 위에서 자신의 존재를 전면에 앞세우지 않으면서 다른 음식을 돋보이게 한다. 내가 쌀밥을 좋아하는 이유다. 좋아하지 않을 수가 없다.

칙칙! 소리와 함께 집 안에 뭉근하게 퍼지는 쌀밥의 향기로 식사를 시작했고, 숭늉을 유난히 좋아하시는 부모님 덕에 매끼 식사를 숭늉의 구수한 향으로 마무리했다. 그래서 그런지 가족이 보고 싶을 때는 막 지은 쌀밥 위로 코를 들이대고 밥 냄새를 맡곤 했다. 쌀 향기는 나에게 그리운 가족을 의미했다.

라일라를 처음 만난 날을 기억한다. 이타카 시절, 지도교수님과 미팅이 있는 날이었다. 교수님이 워낙 바빠서 미리 약속을 잡아도 제시간에 만나는 일은 드물었다. 교수님 사무실 앞에 미팅을 기다리는 줄이 없으면 다행이었다. 미팅을 기다리는 동안에는 보통 사무실 바로 앞 실험실에 들어가 랩 매니저나 친구들과 잡담을 나누기도 하고 미팅에서 교수님에게 할 말을 미리 연습하기도 했다.

그날도 예외는 아니었다. 앞선 미팅이 아직 한창인 듯했다. 몸을 돌려 실험실 문을 열었다. 거기에 긴장한 표정이 역력한 처음 보는 여성이 있었다. 그는 어색하게 웃으며 먼저 나에게 말을 걸었다.

"안녕. 나는 방글라데시에서 온 라일라야. 박사과정 중인 남편을 따라 미국에 왔어."

"아, 안녕. 나는 한국에서 온 현정이야. 여기 실험실 박사과정 학생이야. 교수님이랑 미팅이 있어서 기다리는 중이야. 여기는 어쩐 일이야?"

"1년 전에 미국에 왔는데, 여기서 일을 하고 싶어서. 나도 벼를 연구했거든. 이 실험실에서 일을 할 수 있을지, 나도 교수님을 기다리는 중이야."

"반가워. 미팅 잘 되면 좋겠다."

흔한 스몰 토크를 끝내고 나니 별 할 말이 없었다. 어색해하는 나를 보며 라일라는 실험대 위에 놓인 사진과 그래프를 가리키며 질문을 시작했다.

"근데 이 사진 말이야. 어떤 실험을 한 거야? 결과를 어떻게 해석해야 하는 거지? 나는 조직배양(식물 조직 등을 이용해서 완전한 식물 개체를 만드는 연구 분야)을 공부해서 분자유전학은 잘 몰라."

"이건 PCR을 마치고 전기영동한 사진 같아. PCR이 잘 됐는지 확인한 거야. 밴드가 선명하고 여기 적어놓은 코멘트를 보니까 밴드 사이즈가 예상한 대로 나왔나 봐. 실험이 잘 된 것 같아."

"이 그래프는? 여기만 왜 피크 색이 달라?"

"이건 벼 염색체 어딘가의 염기서열을 읽고 얻은 결과 데이터야. 여기 보면 전 구간의 피크 색이 완전히 같아. 염기서열이 모두 같다는 의미야. 네가 말한 딱 한군데만 빼고. 여기는 벼 종류에 따라 염기서열이 A 아니면 G야. 누구 데이터인지는 모르겠는데 이걸 찾아내고 싶었나 봐. 같은 유전자를 가졌어도 이 차이 때문에 어떤 특성이 다를 가능성이 있어. 예를 들면 A를 가진 쌀이 흰색인데 G를 가진 쌀이 보라색인 식으로 말이야."

라일라는 이날을 두고두고 고마워했다. 그리고 그 후로도 나에게 많은 질문을 던졌다. 실험에 대해 찬찬히 설명해주는 사람을 찾기 힘들다고 했다. 내 생각엔 정직하게 발음하는 내 짧은 영어가 알아듣기 쉬운 것 같았다.

이날 대화가 라일라의 미팅에 도움이 됐는지는 모르겠다. 라일라는 온실에서 일하는 실험실 멤버로 바로 고용되었고, 공교롭게도 내가 하던 프로젝트를 함께 하게 되었다. 야생 벼를 육종 소재(pre-breeding line) 집단으로 만드는 프로젝트였다.

야생 벼는 여러 이유로 일반 벼와 교배하기가 쉽지 않다. 설사 성공한다 해도 교배로 얻을 수 있는 (건강한) 자식 종자 수가 얼마 안 될 때도 빈번하다. 즉 교배 난이도가 높다. 그래서 여러 방법으로, 많이 시도해봐야 한다. 그렇게 얻은 자식 종자를 식물체로 키운 뒤 거기서 일일이 DNA를 뽑아 유전체 정보를 분석한다. 야생 벼의 어떤 부분이 일반 벼에 들어갔는지 확인하는 작업이다(쉽게 말해 자녀의 DNA를 분석해서 엄마아빠의 어떤 유전자를 가지고 있는지 확인하는 것과 비슷하다.) 이 과정을 몇 세대에 걸쳐 반복해 만든 벼 집단을 육종 소재 집단이라고 한다. 이 중에서도 극히 일부 개체만이 또 별개의 선발 과정을 거쳐 신품종 개발에 쓰인다.

　　이 무렵 나는 몰려드는 일의 양에 지쳐 있었다. 교배, 실험, 분석, 식물 키우기, 학과 수업. 모두 동시에 해내야 했다. 어느 것 하나 소홀할 수 없었다. 그러나 많은 수의 DNA에서 대량의 유전 정보를 빠르고 정확하게 분석하는 일에 시간의 대부분을 쓰고 있었다.

　　나는 라일라에게 벼 교배하는 방법을 알려주고 함께 온실 가득 벼를 심고, 키우고, 교배하고, 잎을 샘플링했다. 연구 분야는 달랐어도 고국 방글라데시에서 벼를 연구한 라일라가 벼를 이해하고 대하는 모습은 나와 다르지 않았다.

온실의 벼농사는 논농사만큼이나 손이 많이 간다. 게다가 우리가 연구한 야생 벼는 일반 벼와 특성이 아주 많이 달라서 개체 각각의 특성을 이해하고 거기에 맞게 대처해야 했다. 꽤 골치 아픈 일이다. 예를 들어 키가 너무 커서 잘 쓰러지는 벼는 긴 막대에 묶어 고정해야 하고, 옆으로 넓게 퍼져 자라는 벼는 주위에 빈 공간을 충분히 제공해야 한다. 건드리기만 해도 쌀알이 툭툭 떨어지는 벼는 이삭 전체에 투명하고 긴 봉투를 미리 씌워야 하고, 빛의 양에 예민한 벼는 어느 정도 자라면 동일한 시간에 암실에 넣었다 빼는 일을 꽃이 필 때까지 몇 주 동안 반복해야 한다.

실험 목적에 따라 식물체를 키우는 방법도 다르다. DNA나 RNA만 뽑는 게 목적이라면 가로세로 2센티미터 정도 되는 작은 포트(일종의 화분)에 심어 잎이 날 때까지만 키우면 된다. 벼에서 많은 종자를 얻어야 하거나 벼의 생육 특성을 관찰하려는 목적이라면 족히 60센티미터는 되는 큰 포트에 심어 영양분을 충분히 주며 원하는 만큼 자랄 때까지 오래 키워야 한다.

여기서 끝이 아니다. 온실에서 키우는 벼는 계절을 모르고 자란다. 즉 계절에 상관없이 필요할 때마다 씨를 뿌려 벼를 키우기 때문에 키우기 시작한 때에 따라 성장 상태가 각각 다르다. 가령 온실 한쪽의 어린 묘가 겨우 뿌리를 내릴 때 다른 벼는 한창 꽃을 피우며 자라고 있고, 또 다른 벼는 벌써 추수를 해도 될 만큼 자라 있는 식이다. 연구 목적에 맞게, 개체의 특성에 맞게, 생장 상태에 맞게, 벼를 하나하나 키워야 하니 여간 번거롭고 어려운 일이 아니다.

그야말로 온실은 사시사철 크고 작고 이상하게 생긴 벼로 가득한 정글이다. 자신을 아무에게나 잘 내주지 않는 예민한 벼로 가득한 정글. 온실의 야생 벼 농사는 아무나 할 수 있는 일이 아니다. 그렇다고 혼자서 할 수 있는 일도 아니다.

라일라는 내가 이타카 실험실을 떠날 때까지 프로젝트를 함께 했다. 라일라에게 의지하며 나는 더 많은 시간을 실험실에서 실험과 분석에 집중할 수 있었다. 처음에는 교배나 실험을 설명하며 내가 도움을 줬지만 나는 훨씬 더 많은 것을 라일라에게 받았다.

벼를 키우며 함께 흘린 땀과 시간만큼 우리

는 가까워졌다. 연구에서 공감대가 넓어지자 연구실 밖에서 함께 보내는 시간도 늘었다. 나는 방글라데시의 명절이나 라일라 가족의 생일이면 라일라의 집에서 그의 가족들과 함께 저녁 시간을 보냈다. 그러다 나중에는 기분이 안 좋은 날에도 좋은 날에도, 그저 배가 고픈 날에도 밥을 먹으러 라일라의 집에 갔다. 음식은 물론 맛있었고, 라일라가 해주는 밥은 감정이 불안정한 나를 진정시켰다.

이상했다. 길쭉하고 얇고 푸석한 쌀알이 엄마가 해주시던 밥과는 모양부터 달랐는데 라일라가 해준 밥에서는 분명 엄마 밥의 구수한 냄새가 진하게 났다. 라일라는 그런 나를 위해 자주 점심 도시락까지 만들어줬다. 꼭 한국에 있는 엄마가 "너 아침 또 안 먹고 가? 바빠도 밥은 꼭 챙겨 먹고 다녀" 잔소리하며 내주던 도시락처럼(엄마는 내가 대학생이 되고 나서도 도시락을 종종 싸주셨다.)

라일라와 나를 엮어준 실험대 위 사진과 그래프의 정체는 나중에 밝혀졌다. 향미(향기 나는 쌀)를 연구하던 M의 실험 결과 데이터였다. M은 태국, 인도, 파키스탄 등지에서 수집한 향미의 냄새 성분을 분석하고 거기 관여하는 유전자를 분석하고 있었다.

쌀의 향 성분은 100가지가 넘는다. 그중에서도 2아세틸 1피롤린(2AP)은 모든 향미에서 향기의 주 성분이라고 한다. 라일라가 지은 밥은 바스마티(Basmati)라는 향미 품종이었는데, 거기서 왜 엄마의 밥 향기가 났는지 M의 연구 내용을 들으니 이해할 수 있었다.

2AP는 베타인 알데하이 탈수소효소(*BADH2*)라는 유전자와 관련이 있다. 유전자 안의 염기서열 패턴에 따라 향미와 일반미가 나뉘고 향미의 종류도 나뉜다. 우리가 본 것은 M이 그 차이를 분석한 *BADH2* 내 일부의 유전 정보였다.

라일라가 만들어준 음식 중에 내가 유독 좋아한 건 치킨 비레아니(chicken biryani)였다. 얼핏 볶음밥과 비슷해 보인다. 라일라는 쌀밥을 먼저 하고 그 위에 미리 만들어둔 양념과 재어둔 고기를 올려 하룻밤을 오븐에 찌는 방식으로 비레아니를 만들었다. 만들기가 여간 번거로운 게 아니었을 텐데 라일라는 나에게 기꺼이 자주 비레아니를 만들어줬다.

이타카를 떠나기 전, 마지막 한 주를 라일라의 가족들과 함께 보냈다. 멀리 떠나는 나를 위해 라일라는 치킨 비레아니를 몇 번이나 만들어주며 요리법을 가르쳐줬다. 할 수 있다고 격려하며 몇 번이나 반복하는 모습을 보고서 또 한 번 엄마를 떠올리지 않을 수 없었다. 엄마는 아직도 나를 붙잡고 각종 나물 무치는 법과 김치 담그는 법을 알려주신다. 엄마가 없으면 나물을 누구에게 해달라고 할 거냐고 하시면서. 물론 하루가 꼬박 걸리는 비레아니든 손맛이 가득 담긴 나물이든 나는 아직 제대로 만들지 못한다.

지금도 가끔 라일라가 그립다. 그럴 땐 회사 앞 인도 식당에 간다. 밥은 꼭 바스마티를 주문한다. 그러나 아무 향이 나지 않는다. 비레아니도 마찬가지다. 어디서도 라일라가 만들어준 것만큼 맛있는 비레아니를 먹어본 적이 없다.

어느 날 지도교수님이 종이에 싼 벼 이삭을 사람들에게 건넸다. 쌀알이 조금 작을 뿐 매일 보던 벼 이삭이었다. 이내 누룽지같이 구수하고 은은하고 따뜻한 향이 코끝에 닿았다. 진짜 쌀 향기였다. 나는 당연하게도 라일라를 떠올렸다. 내가 좋아하는 쌀의 모습을 가장 닮은 사람이 바로 라일라이기 때문이 아니었을까.

연구는 한 끼 밥상 같다. 메인디시, 반찬, 국, 밥이 한 끼 식사를 구성한다. 사람들은 메인디시를 주목하고 기억한다. 한 상 차림으로 치면 라일라가 실험실에서 해온 온실 농사는 쌀밥과 같다. 잘 드러나지도 않고 주목받지도 못한다. 내 야생 벼 프로젝트라는 밥상에서 라일라는 끝까지 묵묵히 쌀밥 역할을 해줬다.

프로젝트를 마무리하며 쓴 논문과 보고서에는 유전체 분석을 다량으로 해낸 최신 연구 기법, 온실에서 만들어낸 식물체에 대한 유전 분석이 주를 이뤘다. 온실 농사 과정에 대해서는 기껏해야 한두 줄 언급한다.

그러나 분명 나는 라일라 덕에 프로젝트를 잘 마무리할 수 있었다. 외로운 유학 생활도 버틸 수 있었다. 그래서 나는 라일라를 쌀 향기 나는 사람이라 부른다. 라일라가 그립다. 아마 오늘도 인도 식당에 가서 치킨 비레아니를 먹을 것 같다.

나와 당신의 거리

여름을 지나는 논은 상쾌하고 시원하다. 싱그럽게 쭉 뻗은 초록의 잎 때문이기도 할 것이다. 초록은 차분하고 안전한 느낌을 주는 대표적인 자연의 색이라고 하지 않는가. 그런데 나에겐 그보다는 가로세로 나름 반듯하게 논을 가득 채운 벼의 질서정연함에서 얻는 상쾌함이 있다.

그렇다. 논에는 질서가 있다. 줄과 줄 사이의 거리, 같은 줄 벼와 벼 사이의 거리. 이 거리를 재식(栽植) 거리라고 부른다. 벼가 너무 가까이 붙으면 일정한 자원을 두고 치열하게 경쟁하니 충분히 생육할 수 없다. 너무 멀리 떨어지면 벼끼리 경쟁은 줄어들지 몰라도 농부로서는 전체 수확량이 떨어질 수 있다. 그러니 너무 멀지도 않고 가깝지도 않도록 벼에게도 농부에게도 적정 거리가 필요하다. 첫 모내기부터 나는 이 질서를 지키며 모를 심느라 허리 한번 제대로 펴질 못했다.

우리 실험실의 재식 거리 간격을 누가 어떻게 정했을까 상상해봤다. 까마득히 오래전 어느 선배 연구원들이 한국에서 제일 흔하게 키우는 벼를 제일 흔한 평지의 논에서 키우며 몇 십 번이고 실험하지 않았을까. 5센티미터, 10센티, 15센티, 20센티…. 간격을 다르게 배치하고 재배하며 벼의 모습을 꼼꼼히 관찰했을 것이다. 키, 줄기 수, 이삭 수, 알곡 수, 알곡 크기와 무게, 알곡의 질 등.

아, 변수가 많고 샘플 수가 많으니 제대로 비교하려면 다양한 통계 처리도 빠지면 안 된다. 아무튼 몇 년을 논 위의 모든 벼를 빠짐없이 보고 나서 결국은 알아냈을 거다. 단위 면적당 최고의 소출을 내기 위해 벼와 벼 사이에 유지해야 할 적정 거리. 가로 30, 세로 15. 즉 줄과 줄 사이 30센티미터, 모와 모 사이 15센티미터.

적정 간격을 아는 건 모내기의 끝이 아니라 시작이다. 간격에 맞춰 모를 정확히 심어야 한다. 방법은 간단하다. 못줄에 붙은 표식을 따라 벼를 심으면 된다. 못줄은 모내기에 쓰는 줄이다. 막대 두 개에 긴 줄을 연결해놓은 형태다. 줄을 펼치면 족히 50미터 이상은 되는데, 15센티미터마다 빨간 표식이 붙어 있다.

못줄을 쥔 줄잡이 두 사람이 논의 양 끝에 막대를 고정하고 줄을 팽팽하게 당긴다. 그러면 못줄 앞에 선 모꾼들이 빨간 표식에 맞춰 2-3센티미터 깊이로 땅속에 단단히 심는다. 손으로 직접 뿌리를 땅속에 내려줘 모가 쓰러지지도 않고 물 위로 뜨지도 않도록 한다. 혹여라도 막대를 고정한 위치가

올바르지 않거나 줄을 느슨하게 당겨 표식이 제 위치에 자리 잡지 않으면 모내기는 금세 엉망이 된다. 그래서 못줄 잡는 일은 항상 실험실 최고참 선배의 몫이었다.

학부 시절 실험실에 막 들어갔을 무렵이었다. 실험실에 PCR 기기가 몇 대 있었다. 기기를 쓰려는 사람들이 늘 줄을 서 있었고 이런저런 이유로 언쟁이 생기기도 했다. 그러자 한 선배가 시간표를 만들어 기기 앞에 붙여놓았다. 사용할 시간을 미리 적어두자는 취지였다. 시간표는 빈틈없이 채워졌다. 사람들은 PCR 기기를 쓰는 시간을 맞추려고 매우 신경 썼다. 예약만 하고 기기를 돌리지 않는 '노쇼'나 기기를 다 돌리고 나서 샘플을 꺼내지 않는 일 따위는 결코 일어나서는 안 되는 일이었다.

그날은 PCR 실험만 하면 되는 날이었다. 실험실 막내였던 나는 예약한 시간에 PCR 기기에 샘플을 넣고 수업에 들어갔다. 두 시간짜리 수업이 끝나고 잠깐 실험실로 돌아와서 샘플을 꺼내기만 하면 되는 거였다. 그러나 그날은 완전히 까먹고 말았다. 오랜만에 만나자는 친구 연락을 받고 너무 흥분한 탓이었을까. 친구와 신나게 놀다 뒤늦게서야 생각이 났다. 그때라도 돌아갔어야 했는데. 실험실로 돌아가자니 너무 멀고 귀찮았다. 그렇다고 실험실 선배에게 부탁하기도 어렵고 서먹했다.

얼른 실험실 근처에 있을 법한 동아리 후배에게 전화를 걸었다. 기기 모니터에 어떤 메시지가 떠 있는지, 어떤 버튼을 눌러서 기기를 꺼야 하는지 제대로 설명하기도 귀찮았다. 별거 아니라는 듯, 기기의 전원을 끄고 안에 있는 샘플을 꺼내 냉동고에 넣어달라고 부탁했다. 후배는 PCR 기기를 다뤄본 적도 없고 전공도 달랐다. 실험실에 몰래 들어가 전화기 너머 내가 알려주는 대로 샘플을 꺼내 냉동고에 넣었다.

다음 날 아침 실험실에 가보니 분위기가 심상치 않았다. PCR 기기에 넣어놓은 C선배의 샘플이 감쪽같이 사라지고 PCR 기기는 꺼져 있었다고 했다. 선배가 일주일 넘게 시간을 들여 만든 샘플이라고도 덧붙였다.

얼른 냉동고 문을 열었다. 그곳에는 내 샘플이 아니라 C선배의 샘플이 있었다. 그랬다. 동아리 후배가 PCR 기기에서 꺼낸 건 C선배의 샘플이었다. C선배는 나 다음으로 PCR 기기를 사용하려고 예약해둔 터였고, 내 실험이 끝난 걸 알고는 친절하게도 내 샘플을 PCR에서 꺼내 보관해주고 본인 샘플을 기기에 돌린 것이었다.

벌벌 떨며 선배를 찾아갔다. 사과를 하고 선배의 샘플을 돌려드렸다. 하지만 PCR을 끝마치지 못한 샘플은 무용지물이었다. 선배 손에 의해 가차없이 쓰레기통으로 직행했다.

선배는 실험실 규칙은 꼭 지켜야 하는 약속이라며 앞으로의 실험실 생활을 위해 좋은 경험이 되길 바란다고 조언했다. 나는 그날 다른 선배들에게 불려가 호되게 꾸지람을 들었다. C선배는 나 때문에 일주일 넘게 걸리는 실험을 다시 해야 했다. 하필 박사 졸업을 앞두고 하던 중요한 실험이었다.

20년이 훨씬 지난 지금도 이날의 복잡한 감정을 생생히 기억한다. 전날의 나를 후회하는 마음, 선배에게 몸 둘 바 모르게 죄송한 마음, 동시에 혼날까 봐 무서운 마음 그리고 까마득하게 어린 후배에게 화를 내는 대신 차분한 조언을 해준 선배에게 깊이 고마운 마음.

한 가지 깨달은 게 있다면 앞으로 규칙을 지키려면 게으르고 핑계 많은 나 자신과 무수히 싸워야 한다는 사실이었다. 또 실험실에서 서로를 위해 지켜야 할 적정 거리는 규칙이라는 것도.

논 위의 질서가 반드시 30×15센티미터는 아니다. 벼 품종, 기상 조건, 농지 위치, 토양 특성 같은 자연 환경에 따라 재식 거리는 달라진다. 자연 환경뿐 아니라 볍씨를 얼마나 크게 키워서 모내기를 하는지, 1년 농사를 함께 할 사람이 몇 명인지 같은 농부의 상황에 따라서도 달라진다.

같은 벼 품종을 농사에 사용하더라도 환경이 척박한 논에서는 모를 조금 더 촘촘하게 심는 게 유리하다. 평지 논에 비해 벼 한 개체가 만들 수 있는 종자 수확량이 적어서, 전체 논에 재배하는 벼의 수를 늘려 전체 수확량을 높여야 하기 때문이다. 그러니 농부는 자기 상황에 따라 논 위의 질서를 결정해야 한다. 관행적인 거리를 따를지, 새로운 거리를 정할지.

한국에 있을 때는 실험실 동료와의 적절한 거리에 대해 큰 고민을 하지 않았다. 학교 울타리 안에서 학생으로 지냈을 때라 가능했었는지도 모르겠다. 그때의 실험실 사람들은 대개 선후배, 친구로 엮여 있었다. 그래서 그 자체만으로도 각자 역할이 어느 정도 정해져 있었다. 거기에 더해 당시 으레 그렇듯 항상 함께 밥을 먹고 저녁에는 회식도 하며 개인적으로도 가까워졌다.

가까운 마음의 거리는 함께 하는 연구로 이어졌다. 실험이 안 될 때, 연구 아이디어가 필요할 때, 스스럼없이 손을 내밀며 함께 연구를 해나갔다. 실험실에서 혼자 실험을 잘한다고 해서 연구를 잘할 수 있는 건 아니었다. 모를 심을 때 못줄 잡는 사람, 모 심는 사람, 모판을 나르고 나눠주는 사람, 먹거리를 준비해서 가져다주는 사람이 각자 역할을 잘 해내야 모내기를 끝내는 것처럼.

평범한 실험실의 평범한 우리에게는 정해진 재식 거리 30×15센티미터면 충분했다. 선배의 PCR을 엉망으로 만들어놓고도 차분한 조언을 듣고 끝날 수 있었던 건 어쩌면 한국적인 마음의 거리 덕이었을 것이다.

문제는 이방인으로 미국의 실험실에 들어가면서 시작되었다. 나와 실험실 사람들과의 관계는 필요 이상으로 멀리 떨어져 심긴 논 위의 모 같았다. 항상 멀게만 느껴졌다. 언어와 문화가 다른 그곳은 나에게 척박한 땅이었으니 보통의 재식 거리보다는 분명 조금 더 가까운 거리가 필요해 보였다.

그러나 어떻게 해야 할지 방법을 몰랐다. 서로 도울 수 있는 관계가 되어야 하는데 내가 할 수 있는 게 아무것도 없었다. 미국에서는 한국처럼 논에서 벼를 키우지 않았다. 온실에서 실험에 딱 필요한 만큼만 키웠다. 그마저도 온실 직원의 도움을 받아 키웠다. 그러니 함께 모내기를 하고 수확을 하고, 함께 일하며 땀 흘릴 일이 없었다.

예전과는 달라진 실험실 분위기도 거리 좁히기 실패에 한몫을 했다. 실험실에 늘 같이 머물면 어려운 실험을 할 때 서로 도움을 주고받을 수 있을 텐데 그러지 않았다. 실험을 외부의 연구실에 의뢰하는 일도 흔했다. 실험도 제법 자동화가 되었다. 사람들은 실험실보다는 사무실이나 도서관에 주로 흩어져 있었다. 1, 2주에 한 번 하는 랩미팅 시간에야 겨우 만났다.

내가 천재같이 똑똑해서 동료들 연구에 중요한 코멘트를 날릴 수 있는 존재였다면 또 모를까만은 매우 안타깝게도 그런 타입도 아니었다. 나 역시 박사과정을 막 시작해서 많이 배워야 하는 학생일 뿐이었다. 게다가 영어가 어려워서 동료들이 하는 말을 이해하기에 급급했다. 그야말로 나는 아무것도 아니었다.

그동안 한국에서 해왔던 익숙한 방식으로 친해질 기회도 드물었다. 다들 자기 컴퓨터 앞에 앉아서 각자 점심 도시락을 먹으며 일했다. 저녁 회식은 없는 거나 다름없었다. 가끔 초대를 받아 저녁 모임에 가도 역시 영어가 발목을 잡았다. 친구들이 농담을 주고받으며 웃을 때 나는 농담을 이해하기에 바빴고 분위기를 맞추느라 이해한 척 가짜 웃음을 짓기도 해야 했다. 내가 어떤 사람인지 알리기도 쉽지 않았다.

완전히 길을 잃었다. 말하지 않아도 나를 이해해주던 동료들, 나를 끌어주던 한국의 선배들이 그리웠다. 도움을 서로 주고받아야 하는데 아쉬운 쪽은 나였다. 모르는 것투성이라 다른 이에게 도움을 청하고 받기만 했지 막상 나에게 도움을 구하는 사람은 없었다. 사람들은 친절했지만 막상 나는 쓸모없는 인간이 된 것 같은 생각에 자존심은 구겨지고 의기소침해졌다.

실험실 사람들과 빨리 친해지려던 조급한 마음을 내려놓았다. 언젠가 내가 사람들에게 도움이 될 수 있는 때, 서로의 거리가 좁혀질 날이 오길 바라며 그저 홀로 내가 하는 일에만 집중할 수밖에 없었다. 사람들이 나를 몰라서 그런 거라고 스스로 다독였다.

그러던 어느 날 늦은 오후, 갑자기 사무실 문을 열며 F가 나에게 다가왔다.

"현정, 교수님이 보여주셔서 네가 스트럭처(structure. 집단유전학에서 많이 쓰는 프로그램)로 그린 그림을 봤어. 내림차순으로 배열되어 있어서 결과가 잘 이해되더라. 나도 해보긴 했는데 나는 그렇게 배열이 안 되던데, 어떻게 해야 하는지 알려줄 수 있어? 나는 먼저 벼를 종(species)별로 나눈 다음에 하고 싶어."

부끄럽고 당황스러웠다. 내가 짜놓은 프로그램 스크립트는 누구와 나누기에는 많이 조악했다. 그렇지만 처음으로 누군가 나에게 손을 내민 것 아닌가. 이 순간을 놓치고 싶지 않았다. 얼른 F에게 스크립트를 설명하고 나눠줬다. F는 환한 웃음을 지으며 고맙다는 인사를 남기고 사무실을 나갔다. 별거 아닌 일이었다. 그러나 F가 다른 사람도 아닌 나에게 도움을 요청했다는 사실만으로도 우리의 거리가 조금은 가까워진 것 같았다.

그리고 몇 달 뒤 F의 논문 사사(謝詞)에는 내 이름이 올라와 있었다. 수많은 결과 그림 중 단 한 개 그림에 도움을 주었을 뿐인데. F는 나를 잊지 않고 고마움을 드러냈다.

F가 찾아온 날부터였다. 실험실 사람들이 나에게 도움을 청했다. 조금 이상한 방향으로. 내 특

기가 딱히 코딩이나 프로그램이 아니었는데 동료들은 나에게 컴퓨터로 하는 일들을 물었다.

당시 식물 유전체 분석이 주류로 등장하며 대량의 데이터를 분석하는 프로그램이 우후죽순 많이 개발되어 논문으로 발표되었다. 마침 나는 야생 벼 유전체의 데이터를 어떻게 처리해야 할지 몰라서 이것저것 써보고 코딩하며 분석하던 중이었다. 실험실 동료들도 다들 비슷한 상황인 듯했다. 내가 해본 적 없는 걸 물어보는 친구도 있었다.

그러나 모른다고 할 수 없었다. 이제 겨우 도움을 줄 수 있는 기회가 생겼는데. 놓치고 싶지 않았다. 저녁이나 주말이 되면 컴퓨터를 전공하는 친한 한국인 학부생 G를 불러 코딩을 알려달라고 부탁했다. 한창 코딩 연습에 열을 올리고 있던 G는 익숙하지 않은 문제를 해결하는 데 흥미를 붙이고 내 문제를 해결했다. 그러면 나는 그 코딩 스크립트를 데이터 특성에 맞게 바꾸고 실험실 동료가 도움을 요청할 때마다 코딩에 익숙한 것처럼 애써 가장하며 사람들과 나눴다. 물론 나 또한 나중에 내 논문 사사에 G를 중요한 역할로 써서 넣었다.

이 무렵 모니와 같이 살면게 되면서 다른 동료들과도 가까워질 기회가 생겼다. 우리 집은 나름 실험실 사람들이 모이는 장소가 되었다. 그제야 뭔가 정상적으로 돌아가는 것 같다는 마음이 들었다. 동료들과 드디어 일도 같이 하고 마음도 가까워진 사이가 된 것만 같아 안도했다.

　돌이켜 보면 미국 실험실에서 만난 동료들과 나는 특성이 다른 벼 품종이었던 것 같다. 서로 다른 품종인 만큼 필요한 거리도 서로 다르니 쉽게 될 리 없었다.

　미국에서의 시간을 다 마치고 한국에 돌아오니 이제는 한국 실험실이 낯설다. 학교가 아닌 회사 실험실이라서 그런가. 선후배가 아니라 같이 일하며 경쟁하는 동료 관계라서 그런가. 개인적으로 친해질 기회도 훨씬 적어졌다. 한국에 돌아와 들어간 회사의 첫 실험실에서도 역시나 헤맸다. 이제야 겨우 이곳의 적정 거리를 찾아 적응한 것 같다. 이제 누가 좀 알려주면 좋겠다. 그때그때의 적정 거리가 얼마인지.

　며칠 전 친구로부터 연락이 왔다. 교수님 퇴임식에 참석할지 물으며 안부를 전하는 이메일이었다. 미국은 이제 쉽게 가기 어려운 곳이 되었다. 거리도 멀고 직장인에게 뻔한 휴가 일수를 거의 다 써야 하는 부담이 있다. 그래도 기쁜 마음으로 참석하겠다고 답했다. 어렵사리 얻은 동료들이 모두 모일 그날이 무척이나 기대된다. 이번에 만나면 내 실체를 고백하려고 한다. 사실 나 은근 컴맹이어서 그때 코딩하느라 무척 힘들었다고.

쥐와 원숭이와 고양이를 생각하며

중학교 1학년은 여러모로 억울하다. 중학교에 입학했다는 이유 하나로 어린이라는 타이틀을 뺏기고 갑자기 청소년이 된 것도 모자라 앞으로 뭘 할지 혹은 뭘 잘하는지 고민하라는 압박에 시달리기 시작한다. 그런 면에서 이 불쌍한 학생들이 중학교 1학년을 별일 없이 무사히 보냈다면 축하해줘야 한다고 생각한다. 그러나 실상 듣는 단어는 '중2병'이다. 무시무시한 중학교 1년을 무사히 넘긴 학생들에게 이렇게 심한 말을.

어쨌든 나도 그 시기에 비슷한 병에 걸렸다. 읽는 책이 동화에서 소설로 바뀌고, 특히 고전에 빠져들면서 여느 또래들과는 매우 다르게 활자중독증이 있는 고상한 중2인 척하고 싶었던 것 같다. 이 병은 앞서 말한(의대에서 결핵을 연구한, 나를 벼 연구의 길로 들어서게 한) J선생님과 공부하러 의과대학을 방문할 때 얻은 우쭐거림과 함께 더욱 심해졌다. 의대 복도 벽에 붙은 종이 한 장, 글자 하나 그냥 지나치질 못했다. 마치 의대생, 어른이라도 된 양.

그중 잊히지 않는 종이 한 장이 있다. 굴림체로 흐릿하게 프린트된 '위령제' 공지였다. 새 학기를 시작하며 실험 동물로 사용하는 쥐들을 위한 위령제를 여니 언제 어디로 모이라며, 특히 1학년의 많은 참여를 독려하는 내용이었다. 쥐 위령제라니! 단어도 충격적이었지만 영혼을 위로한다는 이토록 무게 있는 단어를 아무렇지도 않은 듯 A4용지에 담은 흐릿한 굴림체도 머리에서 떠나지 않았다.

꼬리가 엄청 긴 퉁퉁한 회색 쥐를 상상하며 호기심과 공포심에 사로잡힌 나를 J선생님은 실험용 쥐 사육장에 데려가주셨다(벌써 30년 전이라 가능한 일이었다.) 케이지는 아파트처럼 층층이 세워져 있었다. 바닥에는 톱밥이 촘촘히 깔려 있고 그 안에 내 손보다도 한참 작고 눈이 빨간 하얀 쥐들이 칸칸마다 한 마리에서 몇 마리씩 놀고 있었다. 정말이지 딱 놀고 있었다. 애완동물 가게에 온 것 같았다.

같이 간 친구는 귀엽다고 했다. 그러나 '쥐 위령제' 공지를 본 터라 나는 본능적으로 쥐들에 대해 불편한 마음이 있었다. 그곳에 있는 모든 쥐의 운명을 알았기 때문이랄까.

실험 동물이라는 존재 자체를 아예 몰랐던 때라 쥐가 실험에 쓰이고 죽는다는 사실도 충격이었거니와 무엇보다 학생을 포함한 연구원들이 이 쥐들을 죽여야 한다는 사실이 더 충격이었다. 쥐도 연구원도 불쌍했다. 과연 직접 쥐를 죽여야 한다는 사실을 미리 알았다면 그 전공을 선택했을까. 그런 면에서 나는 운이 좋았는지도 모르겠다. 원래 동물에 대한 관심도 없었거니와 실험용 쥐를 본 뒤로 동물과 관계된 공부는 하지로 않기로 결심했으니까.

그러고 오래 동물에 대한 불편한 마음을 잊고 지냈다. 나는 식물을 연구했고 반려동물을 키워본 적도 없어 동물 자체를 의식할 만한 계기가 없었다. 심지어 우리 가족은 생선류를 빼고는 육식 자체를 많이 하지 않았다. 다른 핑계도 많았다. 일상은 바빴고 관심 가져야 할 다른 일은 너무 많았다.

그러다 대학원생이 되고 동물을 연구에 사용하는 친구들을 만나면서 고민을 엿들을 수 있었다. 질병이나 약에 대한 연구에 관여하며 쥐 실험을 한다고 했다. 해야 하는 일로 받아들이고 덤덤히 실험하는 사람도 있었고, 이왕이면 고통 없고 빠르게 실험하려고 노력한다는 사람도 있었다. 동물에게 미안한 마음으로 최선을 다해 연구를 한다는 사람도 있었다. 쥐 실험을 엄청나게 한 끝에 박사학위를 마쳤는데 그 후 쥐 알러지가 생겨 실험을 그만둬야 했다는 분 이야기도 들었다. 최악의 경우로는 연구를 그만둔 사람도 있다고 했다.

쥐는 기나긴 시간 동안 인류의 미움을 받았다. 그도 그럴 것이 쥐는 곡식을 훔치고 질병을 퍼뜨린다. 중세 유럽은 쥐가 옮긴 페스트로 인구의 3분의 1을 잃었다. 지금도 쥐가 일으키는 피해는 상상 이상이다. 몇 년 전 뉴욕에서는 쥐와의 전쟁을 선포했다. 그럼에도 쥐 떼가 습격해 문을 닫은 식당이라든가 지하철에서 잠든 승객 몸 위를 기어다니는 쥐에 대한 기사는 여전하다. 인간의 미움과 혐오를 제일 많이 받는 동물이 쥐가 아닐까.

역설적이게도 쥐는 과학계에서 가장 많이 사용하는 동물로서 인류에게 도움을 준다. 쥐를 사용한 연구로 노벨상을 받은 과학자도 제법 있다. 쥐를 실험 동물로 사용하는 이유는 여럿이다. 워낙 적응력과 번식력이 높고 생육 주기가 짧아 실험 전체에 드는 시간을 줄일 수 있다. 인공교배가 쉬워 원하는 유전자의 발현이나 형질을 확인하기에도 유리하다. 게다가 크기가 작아 다루고 유지하기가 쉽고 다른 실험 동물보다 가격이 저렴하다.

최적의 실험 모델인 쥐를 이용하는 연구 분야는 다양하다. 인류에 대한 것이든 다른 동물에 대한 것이든 생명과 관계된 연구에는 쥐를 가장 먼저 흔하게 사용한다. 암, 당뇨병 같은 각종 질병이나 노화에 관한 연구, 신약의 안전성 실험에도 쓰이고, 식품, 화장품 등에 들어가는 물질의 독성과 유해물

질을 연구하는 데도 쓰인다. 과거에는 유럽 인구의 3분의 1을 죽였지만 이제는 그보다 더 많은 생명을 구하기 위한 연구에 큰 역할을 하고 있다.

동물을 죽이는 일은 동물 실험의 긴 과정 중 한 부분이다. 실험에 적합한 동물을 확보하는 데서 과정은 시작된다. 밖에서 자란 아무 동물이나 실험에 사용할 수는 없다. 일반적인 경우라면 실험 동물을 관리하는 곳에서 분양을 받는다. 어떤 실험은 특정하게 개발된 유전자 변형 동물 같은 개체만 사용해야 한다. 그러다 보면 실험 동물을 확보하는 일부터 어려운 경우가 많다. 유럽 어느 실험실에서 어렵게 들여온 실험용 개구리가 갑자기 사라져서 졸업을 못 할지도 모른다며 울던 후배가 개구리를 찾고서 며칠 만에 환하게 웃는 걸 본 적이 있다('개구리가 특별하면 얼마나 특별하다고!'라고 생각했다.)

적정한 동물을 확보했다면 온도, 습도, 조명, 공기, 음식, 물, 모든 게 통제된 환경에서 키워야 한다. 그러지 않으면 결과를 해석할 때 오류가 생긴다. 그래서 동물에게 밥 주러, 잘 지내는지 확인하러 주말에도 실험실에 나가는 연구원이 허다하다.

같은 연구자로서 이런저런 이야기를 듣기는 했어도 여전히 내 인생에 동물은 존재하지 않았다.

혼자 살아내기도 벅찬 게으른 나 같은 사람에게 반려동물이란 그저 귀찮은 대상이었다. 동물을 어떻게 실험해야 혹은 어떻게 죽여야 더 윤리적인지는 내가 고민해야 할 문제가 아니었다. 동물에 대한 관심을 아예 가지지 않으려 애쓰며 동물에 대한 불편함을 덮어버렸다.

이번에도 예상하지 못한 곳에서 실험 동물을 보게 되었다. 내가 일한 곳에는 끝이 안 보일 만큼 엄청나게 큰 식물 농장이 있었다. 식물을 야외에서 재배하며 연구하는 곳이라 그곳에는 다양한 식물로 가득 차 있었다. 평범함 농장 같아 보여도 실험을 하는 장소라 일반인은 출입이 엄격하게 제한된다. 그곳에 들어가면 광대한 농장을 바라볼 수 있어 묘하게 기분이 잠잠해지곤 했다. 정확히는 그런 기분을 느끼고 싶을 때 차를 몰고 농장으로 향했다.

하지만 고즈넉한 분위기와 달리 농장은 평범하지 않은 비밀을 품고 있었다. 농장 한가운데에 영장류 연구소와 그 뒤로 가려진 엄청나게 큰 야외 원숭이 케이지가 있었기 때문이다. 마냥 신기해할 수 없었다. 케이지 안의 원숭이는 삼삼오오 그룹을 짓고 있었고 분명 사회생활을 하고 있었다. 동물 실험이 워낙 예민한 사항이고 종종 동물을 구조하기 위해 습격하는 동물단체 활동가 같은 이들도 있으니 연구소는 그렇게 식물 농장 사이에 숨기지 않은 척 숨겨져 있었던 것 같다(확실한 건 아니다.) 모르는 사람에게 영장류 연구소는 그저 식물 농장과 관련된 건물로 보이지 않았을까.

　　이런저런 경험이 쌓이니 직접 동물 실험을 하지 않았음에도 여러모로 마음이 불편했다. 동물 실험에 대해 이것저것 알아보기도 했다. 특별히 내가 한 건 없었지만 나는 달라져 있었다. 내가 쥐를 마주한 때와 원숭이를 마주한 때, 그 두 경험 사이의 긴 간극 동안 나에게도 동물과 관련한 두 가지 큰일이 있었기 때문이다.

　　미국에 도착한 지 얼마 안 된 때였다. 학교 기숙사 빨래방에서 세탁기가 다 돌아가기를 기다리며 여기저기 벽에 붙어있는 전단지를 살펴보고 있었다. 그중 이해되지 않는 전단지 한 장이 있었다. '랫시터 구함.' 베이비시터는 들어봤어도 쥐를 돌보는 랫시터라니. 설마 진짜 쥐일까 싶었다. 기간은 3주라고 했다.

　　그런데 아이스하키 경기 티켓 두 장을 준다고 했다. 하버드 대 코넬의 경기였다. 인기가 워낙 많아 티켓 구하기가 힘든 경기다. 아이스하키 경기가 너무 보고 싶은 나머지 전단지에 적힌 곳으로 연락했다.

며칠 뒤 한 부부가 집에 찾아왔다. 한 손에는 케이지, 다른 손에는 쥐 먹이와 톱밥을 들고서. 진짜 쥐였다…. 중학교 때 의대에서 본 그런 작고 예쁜 쥐가 아니라 꼬리가 길고 몸이 꽤 큰 회색 쥐였다. 한국에서 예전에 쥐덫을 놓고 잡았다던, 그러니까 〈응답하라 1988〉에서 덕선이가 잡았던 그런 쥐와 생김새는 비슷하고 크기는 더 컸다.

그들은 겨울방학에 부모님 집에 갈 예정인데 쥐를 돌봐줄 사람이 없어 크게 걱정했다고 했다. 정말 고맙다며 아이스하키 경기 티켓 두 장을 내 손에 쥐어주었다. 일단 맡기로 약속한 나는 웃을 수도 울 수도 없었다.

밥 주는 건 별로 어렵지 않았다. 그런데 톱밥 가는 일이 쉽지 않았다. 쥐를 일단 꺼내야 톱밥을 갈 수 있는데 쥐를 꺼낼 용기가 나질 않았다. 재밌었던 아이스하키 경기를 떠올리며 책임감으로 겨우겨우 케이지를 청소하고 톱밥도 갈아줬다. 그렇게 3주 동안 쥐와 함께 생활했다. 짧았지만 내가 내 집 안에서 키워본 첫 번째 동물이었다.

진짜 큰일은 몇 년 뒤에 벌어졌다. 내 고양이 친구, 아니 가족 옹이가 생겼다. 정확히는 내 룸메이트 J의 고양이였다. J는 고양이를 키우고 싶다며 내가 동의해주면 좋겠다고 했다. 나에게 많은 도움을 주는 친구가 그렇게 원한다는데 반대할 이유는 없었다. 어쨌든 고양이는 친구가 키우면 되는 거니까. 마음에 걸리는 건 혹시 나를 물지 않을까 하는 소소한 무서움 정도였다.

우리는 유기묘, 유기견을 보호하는 동물학대방지협회(SPCA)를 방문했다. 나는 한 번도 바닥에서 몸을 떼지 않고 전혀 움직이지 않던, SPCA에서 제일 게을러 보이는 오렌지색 통통이 고양이가 좋다고 했다. 사실 별 상관 없었다. 고양이는 다 고양이니까. 친구는 혼자서 몇 번 더 그곳에 가더니 어느 날 나에게 사진 한 장을 내밀었다. 원래 알던 사이처럼 먼저 다가와 몸을 부비적거리는 고양이라고 했다. 까맣고 털이 긴 녀석이었다. 그 녀석을 데려오고 싶다고 했다.

그렇게 우리 집에 그리고 내 인생에 고양이 한 마리가 불쑥 들어왔다. 녀석은 케이지 문을 열어주자마자 미옹 소리와 함께 두 앞발을 쑤욱 내밀며 기지개를 켰다. 그러곤 어땠더라…. 둘 중 하나다. 벽에 몸을 부비며 걸어다녔거나 어디 구석에 앉아서 두리번거렸거나.

덥수룩한 까만 털과 신사의 수염처럼 옆으로 멋스럽게 길게 뻗은 콧털은 뭔가 안 어울리고 우스꽝스러워 보였다. 어쩐지 맹하고 바보스러운 게 나랑 비슷했다. 고양이는 다 새초롬한 줄 알았는데.

다시 말하지만 처음에는 고양이 따위에 신경 쓰지 않으려 했다. 그런데 뻔한 결말이 되고 말았다. 나는 고양이의 극성 집사가 되어버렸다. 생활비를 아껴 고양이 장난감과 모래를 사고 영양분이 많이 들었다는 비싼 생선 캔과 간식을 샀다. 고양이 때문에 여행을 더더욱 안 다니게 됐다. 우리 고양이를 괴롭히고 우리 집 야드에 들어와 자리를 차지한 이웃집 고양이가 얄미워 쫓아내기도 했다. 침실 문을 긁어대는 이놈 때문에 잘 때도 문을 열어놓고 살기 시작했다. 물론 J도 마찬가지였다. 하여튼 우리는 극성이었다.

그런데 친구는 6개월이 지나도록 이름을 지어주지 않았다. 그저 '캐-앳(cat)' 하고 불렀다. 너무 사랑해서 어떤 이름을 지어줘야 할지 고민하는 것 같았다. 참다못한 나는 '옹이'라고 한국 이름을 먼저 지어주었다(물론 친구는 인정하지 않았다.) 심지어

J의 부모님도 오셨다가 이름을 붙여주셨다(이때도 물론 친구는 인정하지 않았다.) 그제야 친구는 이름을 지었다. 루피(Rufi)였다.

이게 얼마나 너드 같은 이름이냐면, J와 내가 박사 때 연구한 야생 벼 종인 오리자 루피포곤(Oryza rufipogon)에서 앞부분만 따왔다. 마음에 쏙 들었다. 내가 옹이라고 부른 시간도 꽤 길어서 친구와 나는 각자 영어 이름 루피와 한국어 이름 옹이를 같이 사용했다.

루피 혹은 옹이는 이름 두 개에 완벽하게 적응한 것 같았다. 내가 '옹이야!'라고 부르든 J가 '루-프!'라고 부르든 밖에서 놀다 울음소리를 내며 잽싸게 뛰어 들어왔다. 가끔은 영어와 한국어를 다 알아듣는 게 아닌가 싶기도 했다.

부를 때마다 달려와 내 볼에 얼굴을 부비고, 꾹꾹이를 하고, 쌕쌕거리며 잠을 자는 애교쟁이 옹이 때문에 동물은 내 생활 속 깊이 들어왔다. 다른 친구들을 만나면 서로의 고양이나 강아지 안부를 물었다. 누가 여행이라도 가게 되면 그 집에 하루이틀에 한 번씩 들러 물과 밥을 갈아줬다. 고양이 유전체 정보를 해독한 최신 논문을 돌려 읽으며 축하하고 낄낄거리기도 했다(J만 너드는 아니었다.)

한번은 앞집에 놀러 온 불독이 옹이를 공격한
적이 있다. 목줄이 풀린 불독이 덮치자 옹이는 울타
리 밖으로 사라졌다. 다쳤을까 너무 걱정됐지만 확
인할 방법이 없었다.

　　무슨 용기였는지 온 동네를 다니며 옹이의 행
방을 수소문했다. 내가 살던 곳은 큰 마당을 울타리
로 갈라 여러 집이 사용하는 구조였다. 몇 년을 살
면서도 이웃들과 교제하지 않았는데 집집마다 찾아
가 노크하고 사정을 설명하고 옹이를 보면 연락을
달라고 부탁했다. 사람들은 평소 자기네 마당에 자
주 놀러 온 옹이를 알고 있었고, 같이 걱정해주며
혹시라도 보면 연락을 주겠다고 했다. 다행히 옹이
는 늦은 밤 다친 데 없이 무사히 들어왔다.

　　그날 내 행동을 되돌아보면 동물을 인생의 한
부분으로 인식하고 있었던 게 확실하다. 옹이는 힘
든 박사과정 중 나에게 위안을 준 몇 안 되는 친구
였다. 지금 옹이는 J를 따라 다른 나라로 이사해 살
고 있다.

　　물론 짧게 길게 동물과 살았어서, 위안을 받았
어서 동물 실험에 관심을 기울이게 된 건 아니다.
동물 실험 문제에 신경이 늘 쓰였다. 다만 우리 생
활의 안전은 많은 부분 동물의 희생 위에 있고, 더

나은 삶을 위해 애쓰는 연구자들이 있으니 무조건 동물 실험을 반대할 수도 없었다.

다행히도 동물 실험을 줄이기 위한 많은 노력이 있었다. 1954년에 등장한 3R 원칙이 대표적인 경우다. Replacement(대체), Reduction(감소), Refinement(개선). 현재는 많은 기관에서 동물 실험을 할 때 이 기준을 따를 것을 권고한다.

대체는 가급적 동물을 사용하지 않는 실험으로 바꾸는 것을 의미한다. 오가노이드(organoids. 줄기세포로 만든 인공 장기), 3D프린팅을 이용한 인공장기, 동물 세포, 인공 피부, 인공 각막, 컴퓨터 모델링 등을 사용할 수 있다. 감소는 실험에 사용하는 동물 수를 가급적 줄이는 것이다. 무조건 줄이는 게아니라 통계적으로 유의한 결과를 얻을 수 있을 만큼 최소한으로 줄이라는 뜻이다. 개선은 불가피하게 동물 실험을 수행해야 한다면 비인도적인 처치를 줄이고 더 나은 방법을 찾는 것을 말한다. 위생적인 환경을 제공하고 관리해 실험 동물의 복지를 높이고, 진통제와 마취제 등을 사용해 고통을 최소화하거나 윤리적인 안락사 방법을 따르는 것이다. 실험 계획, 방법 등을 꼼꼼히 따져 동물 실험의 필요성을 줄이는 것도 포함한다.

이 원칙은 큰 공감을 끌어내 이 기준에 따라 법을 제정하는 국가가 늘고 있다. 동물대체시험법 개발에 적극 참여하는 연구 그룹도 늘었다. 동물을 직접 다뤄야 하는 학계에도 많은 변화가 생겼다. 유전체학 연구로 유명한 영국 웰컴트러스트생어 연구소는 그동안 운용해온 실험 동물 시설을 폐쇄하겠다고 선언했다.

학회지에 투고하는 데도 촘촘한 의무 사항이 생겼다. 동물에게 어떤 실험을 어떻게 했고 윤리 규정은 잘 따랐는지 상세하게 설명해야 한다. 이런 부분이 명확하지 않은 논문이 발표되면 논문 재평가나 논문 취소를 요구하기도 한다.

연구원들은 동물을 연구하기 위해 많은 교육을 받으며 각자의 위치에서 동물의 희생이 헛되지 않게 최선을 다해 연구한다. 그렇게 믿는다. 그러나 원칙은 과학자의 노력만으로 지켜지지 않는다. 여전히 동물 실험 결과를 요구하는 회사와 국가가 있고, 사업을 위해 동물 실험을 지속해야 하는 상황도 있다.

내가 아는 어떤 박사님은 쥐를 안락사시키고 나서 지친 마음으로 집에 돌아가면 강아지가 자신을 반기며 위로해주는데, 항상 그게 그렇게 마음이 불편했다고 한다. 그래서 동물 실험을 대신할 다른 연구 방법이 빨리 개발되면 좋겠다고도 했다. 갈 길이 멀다.

　　그럼에도 불구하고 나는 과학자들을 믿는다. 우리가 누구인가. 의심 많은 도마 아닌가. 지금껏 해온 대로, 누구나 하는 대로 가는 대신 더 나은 방법을 발견하고 더 나은 결과를 찾아온 이들이 과학자, 연구하는 이들이라 믿는다. 연구의 내용뿐 아니라 연구의 방법에서 더 나은 길을 찾는 것 역시 과학하는 이들의 몫이 될 것이다.

흑갱(黑粳)

햅쌀 맛이 궁금해지는 가을이었다. 어느 쌀을 먹어볼지 고민하다 부모님 댁에서 그리 멀지 않은 G고등학교 학생들이 직접 농사지은 흑갱을 구매했다. 설명서를 보니 흑갱은 38선 근처 북한 지역에서 유래한 토종 현미 찹쌀이라고 한다. 학생들이 농약과 비료를 쓰지 않고 열심히 키웠다는 선생님의 자랑에서 맛에 대한 확신과 토종 벼를 알린다는 자부심이 제법 크게 느껴졌다.

일단 멥쌀과 소금을 섞지 않은 완전 현미 찹쌀로 밥을 지어 부모님과 올해 첫 햅쌀을 시식했다. 우리 가족은 쌀밥 취향이 다 다르다. 아빠는 질고 부드러운 흰쌀밥, 엄마는 밤, 콩, 옥수수 같은 잡곡이 두루 섞인 고두밥, 나는 길쭉한 쌀로 지은 푸석푸석하고 양념 잘 배는 밥을 좋아한다.

그러니 흑갱 밥에 대해서도 의견이 완전히 달랐다. 현미의 거친 식감이 별로지만 구수한 맛이 제법 괜찮다는 아빠, 식감도 좋고 쫀득해서 맛있다는 엄마. 나는 식은 밥이 더 맛있어서 샐러드나 포케에 넣으면 좋겠다는 의견을 냈다. 엄마는 아빠의 취향을 고려해 흑갱에 멥쌀을 섞어 밥을 짓겠다고 하셨다. 아마 한동안 어떤 비율로 섞을지 여러 시도를 해가며 두 분이 고심하실 것 같다.

학생들이 키운 흑갱은 흔한 재배 벼와 생김새부터 다르다. 식물 전체가 짙은 흑자색이고 알곡은 뽀얗다. 특히 벼 껍질 위쪽 끝에 검고 긴 까락이 눈에 띈다. 까락은 껄끄럽고 굵은 수염 가닥처럼 생겼다. 재래 벼나 야생 벼에서 흔하지만 일반 재배 벼에는 거의 찾아볼 수 없기 때문에 벼의 진화나 순화를 연구하는 과학자에게 중요한 형질이다.

벼의 야생의 시절을 상상해본다. 대다수 야생 벼는 까락을 무기처럼 장착했다. 새처럼 쌀을 탐내는 포식자에게 까락은 위험하고 불쾌한 존재다. 물고기의 가시처럼 잘못 삼켰다가는 목에 걸리거나 식도에 상처를 낼 수 있다. 그러니 까락이 굵고 길수록 벼는 먹이 사냥꾼으로부터 스스로 지켜내기에 유리하다. 동물의 털 따위에 잘 달라붙으니 먼 곳까지 이동해 번식하기에는 안성맞춤이다. 10센티미터가 넘는 긴 까락도 본 적이 있다.

그런데 어쩌다 최상위 포식자인 인간의 눈에 띄었을까. 까락의 불운은 그때 시작되었다. 종자를 심고, 수확하고, 저장하는 농사의 모든 과정에서 까락은 여간 귀찮은 게 아니다. 인류 초기의 농부는 아주 낮은 확률로 존재했을 까락이 짧거나 없는 벼, 즉 까락 생장에 관여하는 유전자에 변이가 생겨 기능을 잃은 벼를 고르고 골라 다음 해에 씨를 뿌리고 후손을 수확하지 않았을까? 이런 과정을 수없이 반복하며 인간은 벼를 길들였을 것이다. 벼는 까락 같은 야생성을 인간에 의해 박탈당하고 결국 인간이 원하는 모습으로 변해왔다. 유전자 입장에서 보면 까락을 자라지 못하게 하는 매우 희귀한 유전자가 지금에 와서는 온 세상 논을 지배한 셈이다.

상상으로 하는 이야기가 아니다. 이를 증명하는 유전자가 아시아 재배 벼에서 이미 몇 개 밝혀져 있다. 그리고 최근 아프리카 재배 벼에서도 이와 관련된 또 다른 유전자를 밝혀냈다. 아프리카의 농부도 아시아 농부만큼이나 까락을 꽤나 싫어했던 모양이다. 벼, 아니 생물 연구의 한 가지 매력은 다른 학문보다 연구자가 상상할 수 있는 공간을 약간 내어준다는 데 있다. 인류 초기의 농부를 만날 순 없어도 나는 상상할 수 있다. 까락 없는 벼를 발견한 최초의 농부는 얼마나 환호했을까. 하지만 이내 궁금하지 않았을까. 왜 까락이 없는지.

아무튼 벼를 공부한 나 같은 사람 말고 누가 까락의 역사 따위에 관심이 있을까 했는데 의외로 부모님이 흥미를 보이셨다. 어렸을 적 벼농사를 지어본 여든에 가까운 부모님은 까락이 달린 벼를 본

적이 있으시단다. 흑갱 밥 시식에서 시작한 식탁 대화는 자연스럽게 옛날 벼, 부모님의 추억, 내 벼 연구까지 이어졌다.

참 이상한 일이다. 벼를 공부한 20여 년 긴 기간 동안 나는 실험실 밖에서 누구와도 쌀에 관해 대화를 나눈 적이 거의 없다. 가족과도 마찬가지였다. 부모님의 쌀밥 취향을 알게 된 것도 최근이다. 쌀 연구를 그만둔 지금에 와서야 더 많이 편안하게 이야기를 나눈다.

흑갱에 대해 부모님과 더 많은 이야기를 나누고 싶었다. 까락 말고도 어떤 특성이 있을까? 찹쌀이니까 아밀로스 함량이 어떻게 될까? 전분 입자는 어떻게 생겼을까? 입자 사이의 공간은 넓을까? 쌀알이 잘 부스러져서 가루 내기가 쉬울까?

쌀 실험실에 있었다면 뭘 해봤을지 훤히 그려졌다. 아밀로스, 아밀로펙틴(둘 다 전분 성분이다) 함량을 측정하고, 주사전자현미경(SEM)으로 전분 입자의 생김새를 관찰할 텐데. 고성능 음이온 교환 크로마토그래피나 펄스식 전기화학검출기(HIPAEC-PAD)는 우리 실험실에 없으니 O박사님께 부탁해 아밀로펙틴의 측쇄 사슬 길이 패턴도 확인하고, 경도계로 쌀이 얼마나 잘 바스러지는지 측정할 텐데.

그러나 할 수 있는 게 없다. 고작 현미를 보며 보통 찹쌀보다 알곡이 좀 더 크다는 걸 알아챘을 뿐. 학생들이 만든 흑갱 소개서를 읽고 인터넷을 뒤적여야 하는 수밖에 없다. 이게 나의 현실이다.

한국에 온 후, 그러니까 이제 더 이상 쌀을 연구하지 않게 된 후 내가 쌀을 접하는 방법은 일반인과 크게 다르지 않다. 가끔 장 보러 가는 로컬 농협이나 온라인 마켓 정도다. 그나마 쌀에 대해 알 수 있는 정보도 쌀 봉투에 인쇄된 내용이나 인터넷에서 돌아다니는 내용이 거의 전부다.

운전하다 길옆으로 보이는 논이 그렇게 반가울 수가 없다. 마켓에 가서도 자연스레 쌀 판매대를 먼저 훑는다. 어떤 품종이 나왔는지 품종 이름을 샅샅이 확인하고 생산지, 생산연도, 도정일, 단백질 함량, 등급을 꼼꼼히 확인한다. 처음 보는 품종은 사진을 찍고 집으로 돌아와 벼 품종 해설집을 뒤적이거나 품종 논문을 찾아본다. 읽다 보면 언제, 어디서, 누가, 어떻게, 왜 개발했는지 알 수 있다. 재배에 적합한 곳, 재배할 때 유의할 사항도 알 수 있다. 품종의 부모본(엄마아빠로 이용된 벼)이 뭔지, 품종 개발에 어떤 유전자(혹은 염색체 단편) 정보를 이용했는지, 어떤 실험 과정을 거쳤는지 신경 써서 읽는다. 그러다 아는 연구원 이름이 있으면 또 그렇게 반갑다. 확실히 지금 나는 쌀에 목마르다.

컴퓨터 앞에 앉았다. 목마른 놈이 우물을 판다는데 딱 내 짝이다. 흑갱에 관한 연구 논문이 있는지 한참 뒤졌다. 8년 전 국내 재래 벼 집단의 유전 다양성을 연구한 논문 한 편을 겨우 찾아냈지만 흑갱에 대한 특별한 정보를 얻기는 어려웠다. 흑갱 종자를 분양한 농촌진흥청 국립농업과학원 논문에서 씨앗은행(예전 농업유전자원센터) 웹사이트에 접속했다. 흑갱은 검색할 수 없었다. 오히려 종자를 분양 받은 농민의 개인 블로그에서 흑갱에 대한 정보를 찾을 수 있었다.

우려하던 문제가 바로 드러났다. 블로그에서 묘사한 흑갱의 외형이 조금씩 달랐다. 흑갱의 대표 표현형이라고 할 수 있는 검고 긴 까락과 하얀 쌀알 등은 대체로 동일했으나 벼 식물체의 키, 색에서 큰 차이를 보였다. 학생들이 키운 흑갱은 키가 1미터가 채 안 된다. 토종 벼치고는 작은 편이다. 그런데 한 블로그에서 소개하는 흑갱의 키는 1.5미터에 육박했다. 게다가 식물체가 옅은 갈색이란다. 오히려 흑갱이 아닌 다른 토종 벼의 특징과 비슷했다. 혹시 흑갱이 유전적으로 고정되어 있지 않다고 가정해도 이 정도 차이면 종자를 헷갈렸거나 종자가 혼입(오염)되었다고 의심할 수밖에 없다.

다시 8년 전 논문으로 돌아왔다. 얻을 수 있는 유일한 정보는 흑갱의 키로 역시 1미터가 안 되었다. 색에 관한 정보는 논문에서 얻을 수 없었다.

G고등학교 선생님에게 전화를 걸었다(그렇다. 나는 확실히 쌀에 목마르다.) 종자를 어디에서 어떻게 얻었는지, 자랄 때 어떤 특성을 보였는지 이것저것 여쭤봤다. 학생들은 토종 벼를 전문으로 파는 농가에서 종자가 아닌 어린 모를 구입했다고 한다. 좋은 선택이다. 농가에서는 건강하게 자라고 외형적으로 비슷한 모를 골라서 팔지 않았을까 추측해본다. 나중에 그 농가에 한번 들러야겠다.

여러 질문이 꼬리를 물며 나를 괴롭힌다. 처음 씨앗은행에서 수집한 벼와 학생들이 심은 벼는 유전적으로 같을까 다를까? 다르다면 얼마나 다를까? 다르다면 유전자에 변이가 생긴 걸까 아니면 다른 종자와 섞인 걸까? 표현형은 뭐가 다를까? 쌀 실험실에 있었다면 DNA를 뽑아 유전 정보가 같은지 다른지 비교했을 텐데. 얼른 온실에 벼를 키워서 표현형도 관찰할 텐데. 어렵지 않게 확인할 수 있는 실험인데. 아무것도 할 수 없는 게 아쉽다.

온통 쌀이었다. 내 20여 년 인생에서 쌀과 관련되지 않은 건 없었다. 실험실 동료는 모두 쌀을 연구했다. 여기저기 놓인 논문, 책, 실험 기기 모두 쌀이 주인공이었다. 실험실 주변이나 밖에서도 사정은 마찬가지였다. 실험실에 속한 논과 온실과 창고와 배양기에, 벼로건 쌀로건 여러 모습으로 내 주변에 있었다. 하루 24시간, 1년 내내, 어느 때라도 나를 반겼다. 가족이나 친구보다도 훨씬 더 자주 그리고 오래 나는 쌀과 만났다.

실험실에서 쌀은 주인공이고 나는 쌀의 팬이었다. 열렬한 팬답게 나는 쌀의 이모저모를 파헤쳤다. 할 수 있는 건 많았다. 작은 잎사귀 하나로도 눈에 보이지 않는 무궁무진한 벼 DNA나 RNA의 세계에 들어갈 수 있었다. 여러 실험, 논문을 통해 벼에 있는 5만 개 이상의 유전자를 훔쳐볼 볼 수도 있었다. 하지만 그 세계가 우주만큼이나 커서 20여 년 동안 나는 단 몇 개의 유전자와 유전자를 둘러싼 부분에 대해 겨우 조금 알게 되었을 뿐이다. 실험실이 아니라면 결코 볼 수 없었던 숨겨진 벼의 세계였다.

나는 가족이나 친구에게 잘 설명할 수 없었다. DNA, RNA, QTL(Quantitive Trait Locus. 양적 형질 유전자 위치), 유전자, 염색체, 돌연변이…. 어떻게 해야 내가 발견한 벼의 세계를 쉽게 설명할 수 있을지 도통 감을 못 잡았다. 이야기 좀 할라치면 쉽게 지루해하는 사람들을 보며 자신감을 잃고 입을 꾹 닫고 다시 실험실을 찾았다. 누구에게도 설명할 필요 없이 온전히 나다울 수 있는 곳. 쌀에 관한 대화는 동료들이면 충분했다. 우리들끼리만 통하는 곳이었다.

다른 사정도 있었다. 일이 잘 안 풀리거나 미래에 대한 계획이 없을 때 이런 말을 흔하게 한다. '잘 안 되면 시골 가서 농사나 짓지 뭐.' '은퇴하면 시골 가서 농사지으려고.' 문화나 역사적 특성상 쌀과 농업이 친숙해서 그런지 사람들은 타 전공보다 농업을 쉽게 생각하는 경향이 있(는 것 같)다.

내가 경험한 농업은 절대 쉽지 않았다. 연구도 마찬가지다. 그래서 더 조심스러웠다. 어떤 연구를 하고 있는지 제대로 정보를 전달하지 않으면 농업은 한없이 쉬운 학문이 되기 십상이다. 사람들이 생각하는 쉬운 농업과 내가 느끼는 어려운 전공 사이의 간격은 쉬이 좁혀지지 않았다. 나는 그 사이에서 헤맸다. 어쩌면 진짜 문제는 나에게 있었는지도 모르겠다. 아인슈타인이 '쉽게 설명할 수 없으면 제대로 아는 게 아니다'라고 했다는데, 나는 공부하는 내내 그랬던 모양이다. 이제야 벼를 조금 알게 되고 사람들에게 약간 쉽게 설명할 줄도 알게 됐는데, 지금 나는 주변인이다. 또 아쉽다.

손에 쥔 흑갱 알갱이를 다시 살펴본다. 학생들은 이 쌀을 길러 어떤 메시지를 전하고 싶었을까? 왜 토종 벼를 선택했을까? 토종 벼로 농사를 지어야 하는 이유를 합리적으로 설명하기는 쉽지 않다. 우리나라에서는 더더욱 그렇다. 우리 벼 품종은 기본적으로 비료를 최대로 흡입할 수 있고 농기계 사용에 최적화된 형태로 육종되어왔다. 토종 벼는 전혀 다르다. 비료 흡수력이 떨어지는 예도 있고, 까락같이 비호감 야생 형질을 가지고 있기도 하다. 실제로 학생들은 까락 때문에 벼 도정에 꽤 애를 먹었다고 한다.

그런데도 누군가는 토종 벼를 재배하며 알리고 있다. 몇 농부들의 인터뷰를 보니 그저 선조들이 어떤 쌀을 먹었는지 궁금했다고 한다. 오랜 시간 이 땅에서 우리와 함께 살아낸 토종 벼에는 재배 벼에 없는 또 다른 장점이 있을 거라 했다. 예를 들어 흑갱은 특유의 향과 맛이 있어 막걸리나 다른 쌀 가공품을 제조하는 데 유리하다고 한다. 토종 벼는 경제성으로만 따지면 여전히 비싸고 경쟁력이 낮아도 재배 벼가 결코 채우지 못하는 다양하고 특이한 성질이 있다고 했다. 그리고 그런 것들을 바라고 좋아하는 사람도 분명 존재한다고 했다.

모든 사람이 키우기 편하고 수량성 높은 재배 벼만을 바라는 건 아니다. 우등생은 아니어도 고유한 특성을 가진 흑갱 같은 비주류도 이제 조금씩 인정받고 있다. 까락처럼 눈에 띄는 단점이 있어도 보이지 않는 장점을 찾아 알리기 위해 어린 학생들은 어느 해보다 더 많은 수고를 들여 농사를 지었다. 그리고 나에게 흑갱 현미로 그 메시지를 전했다. 다른 쌀과 분명히 구별되는 맛과 식감이 흑갱에 있다. 그걸로 충분하다.

이제 실험실에서 벼를 연구하지는 않아도 여전히 벼를 좋아하는 내가 어떤 일을 해야 할지 고민이다. 비주류가 할 수 있는 역할이 있기나 한지 의심스러울 때도 있지만, 흑갱처럼 나에게도 역할이 조금은 있길 기대한다.

어떤 이는 이런 나에게 그만 기웃거리라고 조언했다. 그 말이 맞을 수도 있다. 하지만 우등생 사이 작은 빈틈에 나 같은 사람이 몇 있어도 되지 않을지. 이제 주변인이니까 눈치 보지 않고 현업 연구원을 지지할 수 있고, 일반인이 쌀이나 농업에 관심을 가질 수 있게 즐겁게 이야기할 수 있고, 부족하지만 이렇게 편하게 글로 벼를 소개도 하고.

그러고 보니 당장 해야 할 일이 생각났다. 부모님이 드실 멥쌀 품종을 얼른 골라 집에 보내야 한다. 흰쌀밥으로도 맛있고 흑갱이나 잡곡과 섞은 밥으로도 맛있을 품종이 뭐가 있을까, 인터넷도 살펴보고 진흥청 지인에게 문의도 해본다.

부모님과 쌀에 관한 대화를 나누기 시작하며 자주 들은 이야기가 쌀이 맛이 없다는 말이었다. 시골 동네 방앗간에서 사는 쌀이 왜 맛이 없는지 의아했다. 가만 보니 품종은 혼합에다가 햅쌀도 아니었다. 부모님은 싼 가격, 집 앞 배달이라는 옵션과 맛을 바꾸신 셈이었다. 그때부터 부모님 쌀은 내가 선택한다. 하루 세 끼 쌀밥을 꼭 드시는 부모님의 쌀맛 평가는 솔직하고 구체적이다. 나는 맘에 드는 품종을 발견할 때마다 1킬로그램, 5킬로그램 단위로 부모님 집에 보내 의견을 듣는다. 그렇게 부모님 입맛에 맞는 품종을 몇 개 찾았다. 즐거운 일이다.

이제는 친구들, 동료들도 어떻게 쌀을 고를지모를 때, 쌀에 대해 궁금한 게 있을 때 스스럼없이 나에게 묻는다. 이만 하면 썩 괜찮은 역할을 하고 있는 게 아닐까.

마침 오늘 G고등학교 선생님에게서 연락이 왔다. 올해도 학생들이 흑갱 농사를 짓기로 했단다. 더불어 학생들이 흑갱에 대해 공부하고 싶어 하는데 연구 자료를 전혀 찾을 수가 없다며 도움을 청했다. 학생들이 벼에 더욱 진지해지는 것 같아 뛸 듯이 기뻤다. 요즘 제일 인기 있는 삼광벼와 여러 농업 특성을 비교해 더 나은 점이나 특이한 유전 정보 등을 찾아내고 싶어 하는 것 같았다. 비교 실험을 위해 몇 가지를 제안하고, 내가 겨우 찾은 흑갱 관련 논문 한 편을 공유했다. 실험실 선후배들에게 연락해 이 기특한 고등학생들이 참여하는 작은 프로젝트를 꾸려줄 수 있을 것 같다. 나도 궁금했던 흑갱의 정체를 이제 밝혀낼 수 있을까?

세 번째 여행의 끝

실험실 테이블 위에 가지런히 놓인 다섯 개의 파이펫. 용량은 2ul, 20ul, 100ul, 200ul, 1000ul(1마이크로리터(ul)는 0.001밀리리터다.) 손때 잔뜩 묻은 내 연장이다. 파이펫은 액체를 옮길 때 사용하는 실험 기구다. 샤프펜슬과 비슷한 모양에 기능은 주사기와 같다. 나는 P, E, S사 제품을 거쳐 현재 R사 제품을 제일 선호한다. 파이펫이 아주 가볍고 손에 딱 감긴다. 주삿바늘 역할을 하는 팁도 길고 뾰족하다. 물질을 옮기고 난 후 팁 안에 잔여물도 거의 없다. 그러니 파이펫의 생명인 정량의 액체를 옮기는 데 최적이다.

경지에 오른 장인은 연장 탓을 하지 않는다지만 실험에서 연장은 아주 중요하다. 매일 몇 시간씩 파이펫을 쓰는 연구원에게 파이펫은 몸의 한 부분과도 같다. 이타카에서 데이비스로 옮기고 나서도 나는 제일 먼저 R사의 파이펫부터 주문했다. 긴 스탠드에 다섯 개의 파이펫을 걸어놓고 나서야 나는 안심하며 실험을 시작했다.

단점이라면 가끔 실험이 잘 안 될 때, 파이펫 탓을 할 수 없다는 정도. 그렇다고 파이펫이 언제나 변함없이 그 기능을 다할 거라고 무조건 믿는 것은 아니다. 실험할 때마다 매번 확인한다.

이런 식이다. 2마이크로리터짜리 파이펫에 팁을 꽂는다. 시약 1마이크로리터를 파이펫으로 따고 팁 끝을 눈으로 확인한다. 하얀 팁 안에 원한 만큼 시약이 들어왔는지. 정량을 확인했다면 파이펫 끝을 엄지로 눌러 시약을 튜브 안으로 밀어서 뱉어낸다. 다시 한 번 팁을 눈으로 확인한다. 하얀 팁 안에 잔여물이 남았는지. 잔여물이 있든 뭐라도 의심스러우면 실험을 멈추고 팁, 튜브 등을 다 버린다. 그리고 새 팁, 새 튜브, 심지어는 새 파이펫으로 바꿔서 실험을 다시 시작한다.

육안 확인이 전부는 아니다. 팁 끝을 보며 그 안에 든 액체 양을 눈대중하지만 정확히 1마이크로리터인지, 0.9인지는 알 수 없지 않은가. 칼날을 주기적으로 갈듯 파이펫도 1년에 한 번 정도 전문기관에서 성능을 검교정한다. 파이펫을 분해해 스프링을 포함한 크고 작은 부품이 오염되거나 녹슬지 않았는지, 제 기능을 다하는지 꼼꼼히 살핀다. 안쪽을 청소하고 부품을 교환해 파이펫이 정확한 양을 담아 옮길 수 있게 만든다.

실험에 따라 단 1마이크로리터, 아니 0.1의 차이가 잘못된 실험 결과로 이어질 수 있으니 아무리 좋은 회사 제품이라도 무한 신뢰는 없다. 눈으로 그리고 주기적인 점검으로 매번 확인한다. 의심과 확인은 실험의 시작이다. 파이펫 말고도 용량별 튜브, 시약, 멸균수 등 실험에 쓰이는 모든 것을 항상 의심하고 점검한다.

그리고, 이제 나를 제일 의심한다. 단 한 번도 생각하지 못한 내 실험의 변수, 노안이 찾아왔다. 평소처럼 실험 안경(일반 안경과 동일하나 안경테 부분이 플라스틱으로 덮여 있어 얼굴과 눈을 보호한다)을 쓰고 있으면 팁 안의 1마이크로리터가 보이지 않는다. 아니, 팁 끝 자체가 잘 안 보인다. 옆에 놓인 튜브 뚜껑 위에 적힌 글씨도 흐릿하다.

파이펫 같은 연장이 낡으면 고치거나 새로 사도 된다지만 낡은 나는? 검교정이 되나? 아니면… 실험실에서 나가야 되나? 나이 들수록 예측하지 못한 실험 변수가 더 생길 수 있다는 사실이 나를 더욱 의심하고 불안하게 만든다. 침침해진 눈이 시작인 듯하다.

많아지는 변수만큼 커질 수밖에 없는 휴먼 에러(human error.) 이제 내 실험의 정확도는 갈수록 떨어지지 않을까. 나를 의심할수록 실험 횟수를 늘려 반복하며 정확도를 더 꼼꼼하게 확인하고는 있어도 전에 비해 힘에 부친다. 나는 분명 늙고 있다.

실험실에서도 새로운 버릇이 생겼다. 실험 안경을 선글라스마냥 머리 위로 올린다. 나는 언제까지 실험할 수 있을까?

내 동료들은 지금 같은 고민을 하고 있을까? 마침 얼마 전 미국에서 실험실 친구들을 만나니 안경을 쓰지 않은 친구들이 더 많기는 했어도 나와 크게 다르지 않은 듯했다. 글을 읽을 때 나처럼 안경을 머리 위로 올려 맨눈으로 보거나 반대로 어디선가 안경을 꺼내 썼다. 다들 노안이 온 게 틀림없다. 15년 전 만났을 때만 해도 다들 최소한 눈은 젊고 건강했는데! 흰머리도 희끗희끗하다. 청년은 중년으로, 중년은 노년으로 바뀌었다.

졸업, 취업 등으로 뿔뿔이 흩어진 우리가 다시 모인 건 지도교수님 정년퇴임식 때문이었다. 한국에서 미국까지 가는 게 유난인가 싶었다가 선생님 속을 어지간히 썩이고 겨우 졸업한 어수룩한 제자였음을 생각하면 거리가 문제는 아니지 싶었다.

나 같은 말썽쟁이가 한두 명은 아니었는지 중국, 일본, 싱가폴 그리고 미국 각지에서 토요일 단 하루의 일정을 위해 기꺼이 이타카에 모였다. 학위를 마친 제자들, 박사 후 연구원이나 방문연구원으로 있었던 분들, 실험실과 온실에서 일한 분들, 다른 실험실 소속으로 공동 연구를 한 분들. 30년 가까운 시간 동안 실험실을 거치거나 교수님과 함께 한 사람은 백 명이 훌쩍 넘었다. 우리 모두에게 처음이자 마지막 실험실 동창회였다. 오랜만에 만나 그간 어디에서 어떻게 지냈는지 서로 안부를 묻느라 왁자지껄했다.

행사는 심포지엄과 저녁 연회로 진행되었다. 심포지엄이라니. 미국까지 와서 토요일 오후까지 전공 발표를 들어야 하나 했던 마음도 잠시, 현재 하는 연구와 함께 실험실을 거치면서 변화한 자신의 이야기를 하나씩 꺼내니 그렇게 흥미로울 수가 없었다.

그중에는 R도 있었다. 진로를 두고 방황하던 시절에 선생님을 만나 실험실 테크니션을 시작했다. 그렇게 실험실에서 쌀 연구에 흥미를 느끼고 대학원에 진학했고, 교수가 되었다. R은 울먹이며 감사를 전했다. R의 테크니션 시절을 기억하는 나 역시 그 눈물의 의미를 조금은 알 것 같았다.

"실험실에서의 경험과 교수님 도움이 아니었다면 저는 가족들이 살아온 삶의 방식 외에는 알지 못하고 저 역시 같은 삶을 살았을 거예요. 교수님은 항상 제 고민을 들어주시며 할 수 있다고 격려하셨어요. 저는 대학을 졸업한 사람이 단 한 명도 없는 가족 중에서 처음으로 대학을 졸업하고 교수가 되었습니다."

실험실 역사상 유일한 커플인 Q와 V는 종교 갈등을 극복하고 부부가 되어 함께 학위를 마쳤다. 둘은 아시아와 미국의 몇몇 실험실을 거치며 연구한 내용, 그때그때 만난 실험실 사람 이야기, 가족의 삶을 사진과 함께 소개했다. 특히 V는 외국인, 또 기혼여성으로 겪은 어려움을 실험실 사람들과 교수님 도움으로 극복했다며 역시 눈물지었다.

저녁 모임에서도 백여 명이 한 사람도 빠짐없이 돌아가며 교수님과의 기억을 꺼내고 감사한 마음을 표했다.

"S의 교수 임용을 결정하는 자리에 내가 있었어요. 그건 내 인생 최고의 결정이었다고 생각합니다"라며 쿨한 인사를 하는 이미 은퇴한 선배 교수도 있었다. "내가 실험실 최초의 포닥임을 자랑스럽게 생각합니다. 그래서 기념 셔츠를 가져왔어요"라며 티셔츠를 내민 재미난 사람도 있었다.

예상대로 나는 울먹이면서 겨우 말을 건넸다. "교수님은 제가 가장 어려울 때 포기하지 않도록 도와주셨고, 더 나은 사람이 되는 방법을 알려주셨어요. 저는 지금도 어제보다 더 나은 사람이 되기 위해 매일 노력합니다."

나만큼 울먹인 사람이 있었다. 대학생이 된 딸 타샤와 함께 온 라일라였다.

"낯선 미국에서 오로지 유학생 남편과 어린 아이들을 위해 살았어요. 가장 힘들 때 손을 내밀어 준 교수님께 감사합니다. 덕분에 지금 USDA(미국 농무부) 정식 연구원으로서 제 삶을 살고 있습니다. 이제 저도 어려운 사람을 먼저 찾아가 도움을 줄 수 있는 사람이 되었습니다."

라일라와 나는 인생에서 가장 약자일 때 실험 실에서 만났다. 서로 의지하며 그 시간을 버텼다. 쉽게 흐르지 않을 것 같던 우리의 어두운 시간은 지나가고, 시간의 흔적은 훌쩍 커버린 타샤와 제법 나이든 라일라의 모습으로 남았다. 우리는 몇 번이나 서로를 안으며 눈물을 흘렸다.

빠르게 흐르는 밤이 아쉬워 교수님 제자들만 다시 모였다. 가끔 다녔던 다운타운의 바였다. 토요 일 밤, 예전의 우리처럼 젊은 학생이 가득했다. 희 끗희끗한 머리에 눈을 한껏 찌푸려 메뉴판을 보는 우리는 이미 이방인이었다. 그러거나 말거나. 우리 의 마음은 그때, 실험실 시절에 있었다. 실험실은 그냥 실험실이 아니었다. 우리는 그곳에서 기약 없는 꿈을 향해 인생을 내놓았다. 누구에게나 중요하면서도 위태로운 시절이었다.

우리는 모두 벼를 연구했다. 벼 이삭이 벌어지는 각도, 벼 향기, 벼 뿌리, 벼 까락, 벼 순화, 야생벼 유전 다양성, 야생 벼를 이용한 육종 재료 개발, 벼 유전체 연구. 그리고 지금은 모두 다른 길을 가고 있다. 누구는 학교나 연구소에서 학위 때의 연구를 이어가고, 누구는 회사에서 새로운 분야의 연구에 도전하고, 또 누구는 실험실을 벗어나 기획이나 정책 관련된 일을 하고 있다. 이 실험실을 거치지 않았다면 우리가 지금의 일을 해낼 수 있었을까.

실험실에서 얻는 것은 실험을 배우는 일뿐만은 아니다. 벼, 식물, 조금 더 나가면 생물에 대한 약간의 이해, 독립적으로 연구를 끌어 갈 능력, 한 번 더 의심하며 더 나은 결과를 얻고자 노력하는 끈기, 나를 믿고 홀로 해내는 근성과 동료를 믿고 의지하는 협동심 그리고 교수님과 동료.

교수님의 정년퇴임과 함께 '우리들의 실험실'은 사라졌다. 그러나 실험실은 우리에게 많은 유산을 남겼다. 우리는 그 밤, 사라진 실험실을 추억하고 서로의 앞날에 건투를 빌며 헤어졌다(아참, 다들

노안은 왔지만 받아들여야지 어쩌겠냐는 싱거운 반응이
었다. 늘 그래왔듯 그저 할 수 있는 일에 최선을 다하면
된다고 했다. 나만 심각했나 보다.)

나는 이번 미국 방문을 끝으로 세 번째 여행
을 마쳤다. 정확히는 쌀과 관련된 실험실 여행이다.
『아무튼, 실험실』을 쓰기 시작한 건 코로나19가 퍼
지기 전이었다. 벼 실험실은 나에게 뭐였을까 고민
했다. 장점만 나열하려 했다. 그래서 쉬워 보였다.
그러나 글을 쓸수록 다른 방향으로 흘러갔다.

평생 벼를 연구할 줄 알았으나 이제 벼와 관련
없는 연구를 하고 있다. 어쩌다 그렇게 됐다. 가족,
경제적인 문제, 안정적인 직장. 그때그때의 크고 작
은 이유가 하나씩 달라붙어 큰 덩어리가 되더니 이
제 이 덩어리를 떼어내고 움직이기가 어려워졌다.

회사를 그만두고 잘나가는 한국의 대학 실험
실에 들어가 포닥을 하라고 권한 사람도 있었다. 박
사학위를 다시 한다는 각오로 연구하고 논문 실적
을 만들어 대학에 지원하라고. 그분의 박사과정은
어땠는지 몰라도 나에겐 무시무시한 말이다. 각오
든 경험이든 박사과정은 한 번으로 충분하다.

그래서 한동안은 벼 연구자로 돌아가지 않은

데 대해 일종의 죄책감에 사로잡혀 20년 넘는 내 실험실 삶을 부인했다. 인류를 구할 것 같은 거창한 마음으로 벼 연구를 시작하고선 현실적인 이유로 돌아가지 않는 내가 속물 같았다. 전과 다른 연구를 하고, 나를 위해 사는 현재의 나에게 과거는 아무런 힘이 없는 게 아닐까 원망했다.

그렇다면 세 번째 여행이 무슨 소용인가. 벼를 연구하지 않는 벼 연구자의 실험실 이야기가 무슨 의미인가. 나와 달리 여전히 벼를 연구하고 있는 동료들에게 경외감을 가지고 그들의 건투를 빌면서도 속으로는 질투하고 있는 내가 벼에 대해 글을 쓰는 게 옳은가. 여행은 거기서 멈췄다.

제법 긴 시간을 보낸 뒤에야 다시 글을 썼다. 고민은 글을 쓰고 일을 하며 해결됐다. 내 인생의 시간의 주인은 벼인 줄 알았는데. 바로 나였다. 새로운 분야를 배우고 연구하는 게 쉽진 않았다. 그래도 생각보단 훨씬 재미났다. 벼 실험실에서 쌓은 지식과 경험이 미생물, 동물 연구에 아이디어를 주기도 했다. 누군가에게 당장 필요한 연구를 하는, 기업이라는 곳의 속성도 잘 맞았다. 도움이 되고 싶었던 마음. 처음 실험실을 동경했을 때의 마음이다. 그제야 세 번째 여행을 다시 출발할 수 있었다.

5년 만에 다시 만난 지도교수님께 현재 어떤 연구를 하고 있는지 설명할 때 다시 심란해지긴 했다. 혹시 나에게 실망하시진 않을까. 그러나 교수님은 재미나 보인다고, 내가 자랑스럽다고, 나를 격려해주셨다. 무력감에 허우적대며 울던 학생 시절의 나에게 그러셨듯이.

　　세 번째 여행으로 확실해졌다. 지금의 나는 대전과 수원, 이타카와 데이비스의 실험실을 거쳐 만들어졌다. 내 과거에는 힘이 있다. 그 힘으로 나는 또 다른 실험실 여행을 시작해보려 한다.

　　실험실 테이블 위에 가지런히 놓인 다섯 개의 파이펫을 바라본다.

　　이제 안경을 머리 위로 올리고 인상을 쓰며 실험을 시작할 참이다. 세포에서 RNA를 추출하고 cDNA(complementary DNA. 상보적 DNA)를 만들 예정이다. 이제 쌀, 벼가 아니라 동물이다.

　　늙어가는 나를 고민하지 말고 지금 할 수 있는 최선을 다하자. 나에게는 그간의 경험과 지식이 있지 않은가. 그렇게 나는 지금 이곳, 서울의 실험실에서 파이펫과 함께 새로운 여행을 하고 있다.

나를 만든 세계, 내가 만든 세계
'아무튼'은 나에게 기쁨이자 즐거움이 되는,
생각만 해도 좋은 한 가지를 담은 에세이 시리즈입니다.
위고, 제철소, 코난북스, 세 출판사가 함께 펴냅니다.

아무튼, 실험실

1판 1쇄 발행 2024년 5월 17일
지은이 김현정
펴낸이 이정규
펴낸곳 코난북스
출판등록 제2013-000275호
전화 070-7620-0369
팩스 0505-330-1020

conanpress@gmail.com
conanbooks.com
facebook.com/conanbooks

ISBN 979-11-88605-28-6 02810